Lotus auf meiner Handfläche

Karatala Kamala

Translated to German from the English version of Lotus on my Palm

Devajit Bhuyan

Ukiyoto Publishing

Alle globalen Veröffentlichungsrechte liegen bei

Ukiyoto Publishing

Veröffentlicht im Jahr 2024

Inhalt Copyright © Devajit Bhuyan

ISBN 9789362693013

Alle Rechte vorbehalten.

Kein Teil dieser Veröffentlichung darf ohne vorherige Genehmigung des Herausgebers in irgendeiner Form auf elektronischem, mechanischem, Fotokopier-, Aufnahme- oder anderem Wege reproduziert, übertragen oder in einem Abrufsystem gespeichert werden.

Die Urheberpersönlichkeitsrechte des Urhebers wurden geltend gemacht.

Dieses Buch wird unter der Bedingung verkauft, dass es ohne vorherige Zustimmung des Verlegers in keiner anderen Form als der, in der es veröffentlicht wird, verliehen, weiterverkauft, vermietet oder anderweitig in Umlauf gebracht wird.

www.ukiyoto.com

Dieses Buch ist Srimanta Saka Karadeva und allen Menschen auf der ganzen Welt gewidmet, die glauben, dass die Seele von Hund, Fuchs und Esel auch derselbe Gott ist, Rama

(Kukura Shrigalo Gadarbharu Atma ram, janiya xabaku koriba pranam)

„Der Höchste Herr bleibt auch in den Seelen von Hunden, Füchsen oder Eseln,

Zu wissen, dass es alle Lebewesen respektiert."

- Srimanta Sankardev (1449-1568)

Inhalt

Vorwort ... 1
Lotus auf meiner Handfläche ... 3
Einfache Religion von Sankardeva ... 4
Religion einer Einreichung ... 5
Sankardeva sollte wiederkommen ... 6
In der Religion von Sankardeva ... 7
Nimm Müll mit nach Sankardeva ... 8
Schüler besuchen Sankardeva ... 9
Universeller Guru Sankardeva ... 10
Das Gold von Assam ... 11
Brindavani Bastra (Stoff) von Sankardeva ... 12
Der König der Herzen ... 13
Abreise von Sankardeva ... 14
Die Beine von Lord Shiva ... 15
Religionen im Griff des Geldes ... 16
Gebet ... 17
Geld ... 18
Assam-Nashorn ... 19
Mann ... 20
Aufmunterung des Tals ... 21
Blühender Assam ... 22
Vermeiden Sie Alkohol ... 23
Krieg ... 24
Gute Arbeit ... 25
Niemand ist unsterblich ... 26
Festival der Farben (Holi) ... 27
Chital ... 28
Festival-Saison ... 29

Alter	30
Liebe deine Mutter	31
April	32
Dasaratha (Ramayana-Geschichte)	33
Bharata	34
Lakshmana	35
Laba (Sohn von Rama)	36
Gott suchen	37
Charriot des ehrlichen Weges	38
Kümmern Sie sich um Ihre Gedanken	39
Verschwenden Sie keine Zeit	40
Geistesschmerzen	41
Körperpflege	42
Kinderspaziergang	43
Madans Humor	44
Coco, der Wundermops	45
Wind	46
Naturkräuter	47
Angst vor dem Verstand	48
Angst vor den Bäumen	49
Politik der wechselnden Partei (in Indien)	50
Neue Farben	51
Treffen im nächsten Leben	52
Mobbing	53
Priester	54
Lass die Sonne aufgehen	55
Bharata, beeil dich	56
Alles lieben	57
Tom, du fängst an zu arbeiten	58
Zum Zeitpunkt des Todes	59

Der Haussperling 60
Geldglitzer 61
Bereiten Sie sich auf die Arbeit vor 62
Erfolgreiches Leben 63
Golden Assam 64
Kerze 65
Awadh-Königreich 66
Samt 67
Der Mond 68
Hase 69
Streit 70
Nashorn, Kampf ums Überleben 71
Die Welle des Flusses 72
Mücke 73
Astrologe 74
Alter von sechzig Jahren 75
Nicht verfallende Mutter 76
Geliebter Assam 77
Liebesbalsam 78
Angaben zu Haus und Familie 79
Geld kommt durch harte Arbeit 80
Der Stier 81
Wut 82
Heissblasen Kaltblasen 83
Hoity toity 84
Neujahrsliebe und Zuneigung 85
Das Wetter in Assam von März bis April 86
Liebe des Aprils 87
Die fremde Welt 88
Mutterliebe 89

Cloud	90
Missbrauch	91
Es war einmal	92
Wertlose Liebe	93
Die ununterbrochene Regel des Ahom von sechshundert Jahren	94
Ich werde erfolgreich sein	95
Der Brennblumenbaum	96
Menschen arabischer	97
Dschungel	98
Khaddar (Khadi-Tuch)	99
Parfüm von Assam (Adlerholzöl)	100
Hochwasser	101
Frucht der Arbeit (Karma)	102
Eifersucht	103
Alles läuft wie gewohnt	104
Die Schildkröte	105
Die Krähe und der Fuchs	106
Finden Sie Ihre eigene Lösung	107
Niemand wird dich hochziehen	108
Eifersucht, eifersüchtig, eifersüchtig	109
Sterblichkeit und Unsterblichkeit	111
Ich kenne den Zweck nicht	112
Wo verschwindet unser hart verdientes Geld?	113
Der Mungo	114
Gottes Segen	115
Besser, ein Totholz zu sein	116
Ich lebe mit einem Zombie	117
Und das Leben geht so	118
Gebrochenes Herz	119
Unaufhaltsame Technologie	120

Geschlechterungleichheit 121
Eines Tages wird es keine gläserne Decke mehr geben 122
Gott interessiert sich nicht für seine Gebetshäuser 123
Über den Autor 124

Vorwort

Srimanta Sankaradeva wurde 1449 in Bardowa im Nagaon-Distrikt von Assam im Nordosten Indiens geboren, berühmt für Tee und ein gehörntes Nashorn. Sankaradeva verlor schon früh seine Eltern und die Verantwortung für die Erziehung des Kindes fiel auf seine Großmutter, die diese Aufgabe ganz bewundernswert erfüllte. Schon in zartem Alter zeigte Sankara große Kräfte von Geist und Körper. Um diese Zeit ereigneten sich auch viele übernatürliche Episoden, die bewiesen, dass er kein gewöhnliches Kind war. Sankaradevas erste Komposition, geschrieben an seinem allerersten Schultag, ist das Gedicht karatala *kamala kamala dala nayana*.

"কৰতল কমল কমল দল নয়ন।

ভব দব দহন গহন-বন শয়ন॥

নপৰ নপৰ পৰ সতৰত গময়।

সভয় মভয় ভয় মমহৰ সততয়॥

খৰতৰ বৰ শৰ হত দশ বদন।

খগচৰ নগধৰ ফনধৰ শয়ন॥

জগদঘ মপহৰ ভৰ ভয় তৰণ।

পৰ পদ লয় কৰ কমলজ নয়ন॥

(Karatala kamala kamaladala nayana

Bhavadava dahana gahana vana sayana

Napara napara para satarata gamaya

Sabhaya mabhaya bhaya mamahara satataya

Kharatara varasara hatadasa vadana

Khagachara nagadhara fanadhara sayana

Jagadagha Mapahara Bhavabhaya Tarana

Parapada layakara kamalaja nayana)"

Das Einzigartige an diesem Gedicht ist, dass es vollständig aus Konsonanten besteht und keinen anderen Vokal als den ersten enthält. Die Geschichte besagt, dass Sankaradeva in der Schule mit viel älteren Schülern zusammengebracht wurde, die gebeten wurden, ein Gedicht zu verfassen. Er folgte diesem Beispiel, obwohl er nur den ersten Vokal des Alphabets gelernt hatte. Das Ergebnis war ein exquisit süßes Gedicht, das den Attributen von Lord Krishna gewidmet war und sie beschrieb. Srimanta Sankaradeva gilt als Vater des assamesischen soziokulturellen Lebens. Er ist auch einer der Vorfahren, die die assamesische Sprache modernisierten, die aus dem Sanskrit stammt.

Srimanta Sankardeva ist auch einer der größten sozialen und religiösen Reformer Indiens. Er studierte alle religiösen Philosophien, die im 15. Jahrhundert in Indien verfügbar waren, und propagierte eine neue Sekte des Hinduismus-Anrufers Eka Saranan Naam Dharma, frei vom rituellen Hinduismus. Er widersetzte sich dem Tieropfer im Namen Gottes, das im Hinduismus vorherrschte. Er widersetzte sich auch dem Kastensystem der hinduistischen Kultur und versuchte, sich über Kaste und Glaubensbekenntnis zu integrieren. Seine berühmten Worte "Kukura Shrigala Gordoboru atma Ram, janiya sabaku koriba pronam": bedeutet **Hund, Fuchs, Esel, die Seele eines jeden ist Rama, also respektiere jeden.** Dies hat den Humanismus weit erreicht und appelliert an die Menschheit, wie das Sprichwort Jesu „*die Sünde hassen, nicht den Sünder*".

Dem Weg von Srimanta Sankaradeva folgend, verfasste ich drei Gedichtbücher in assamesischer Sprache, nämlich „Karatala Kamala", „Kamala Dala Nayana" und „Borofor Ghor", ohne Kar zu verwenden, das Symbol der Vokale, das in den indischen Sprachen, die aus dem Sanskrit stammen, vorherrschend war. Dieses Buch „Lotus auf meiner Handfläche" ist die Übersetzung meines Buches „Karatala Kamala" in assamesischer Sprache. Es ist nicht möglich, das Buch ins Englische zu übersetzen, ohne Vokale zu verwenden, und so wird die Übersetzung unter Beibehaltung des Geistes und des Themas der Originalgedichte durchgeführt, ohne die Kernbedeutung zu stören. Ich hoffe, die Leser werden dieses Gedichtbuch mögen und die Welt wird über die Lehren und Ideale von Srimanta Sankaradeva Bescheid wissen.

_____Devajit Bhuyan

Lotus auf meiner Handfläche

Unter dem Bur-Blumenbaum schlief Sankardeva
Die Sonnenstrahlen blitzten auf seinem Gesicht
Die Königskobra bemerkte es und dachte, Sonnenlicht störte Sankar
Die Kobra kam aus seinem Baumloch herunter und gab Schatten
Als Freunde und Menschen in der Nähe dies sahen, staunten alle
Sankardeva muss himmlischen Segen von Gott haben
Und er schrieb sein erstes Gedicht, bevor er das vollständige Alphabet lernte
Die Leute liebten seine Verse von Herzen und begannen zu loben
Aber viele Fragen, die Priester, die Tieropfer taten, erhoben
Der König befahl, Sankardeva mit Elefanten zu töten, um seinen Körper zu zerschlagen
Aber er entkam unverletzt mit Gottes Gnade
Mehr als ein Jahrzehnt lang besuchte Sankara heilige Stätten, um Wissen zu erwerben
Er kehrte erleuchtet zurück, komponierte mehrere unsterbliche Verse auf Assamesisch
Lotus auf meiner Handfläche wird immer noch von den Menschen in Assam geliebt, ein unsterbliches Stück
Seine Lehren über universelle Liebe und Brüderlichkeit machten Assam reich.

Einfache Religion von Sankardeva

Die Religion der Welt ist die Liebe
Der Weg zur Liebe ist gute Arbeit, keine Reibung
Wenn der Geist rein ist, ist der Weg zur Liebe einfach
Einfach zu sein und alles zu lieben, ist eine gute Religion;
Im Zorn wird Religion und Weg zur Liebe zum Stillstand
Wir sagen immer, dass die Religion anderer heiß und schlecht ist
Respektiere und toleriere niemals die Ansichten anderer
Infolgedessen wird Religion zu Instrumenten der Ignoranz und Unterdrückung;
Liebe ist einfach und leicht zu sagen, aber schwer zu folgen
Diese Religionslehre verbreitet sich also nie wie Unkraut
Menschen pilgern mit Begierde und Gier
Aber die Religion von Sankar Deva ist leicht zu befolgen, nichts, was man braucht;
Alkohol ist weder der Weg zur Rettung, noch das Töten unschuldiger Tiere
Angst und Gier sind nicht der Wagen der Arbeit und das Ziel des Lebens
Nur Liebe und Liebe alles ist der Pfeil der wahren Religion
Geld, Gier, Hass und Muskelkraft sind nicht der Weg der Befriedigung
In den Worten von Sankar Deva gibt das Beten ohne Verlangen Erlösung.

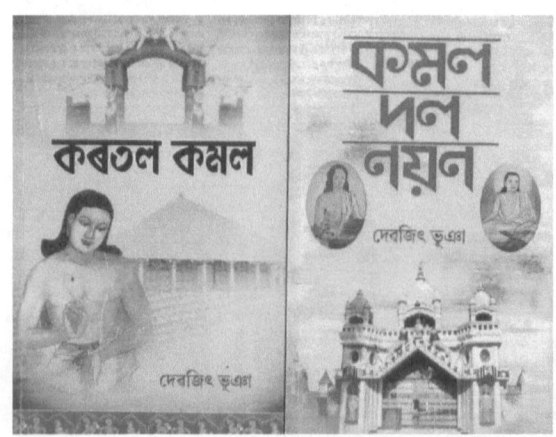

Religion einer Einreichung

Durch das Klonen aus seinem Körper schuf Gott den Menschen
Wir sollten unser Leben diesem allmächtigen
Beten wir ihn mit Lotusblume an den Füßen
Der Pfeil der Zeit bleibt bei seinen Wünschen stehen und alle Leben enden;
'Bharata', der Bruder von Lord Rama, geboren im Haus von König Dasaratha
Rama zeigte den Weg der Liebe, des Respekts und der Bedeutung des Engagements
Diwali, das Fest des Lichts, wird als Sieg des Guten über das Böse gefeiert
Rama kehrte nach Hause zurück und zerstörte Ravana, das Symbol des Bösen und der Unmoral
Etablierte Wahrheit, Rechtsstaatlichkeit mit Gerechtigkeit, Vertrauen und Liebe zu allen Themen
Die Lehre von Sankar Deva, dem Gottgeweihten von Rama, ist auch die gleiche, liebe alle
Die Menschen in Assam folgen bis heute dem Weg, den Sankar Deva gezeigt hat
Der Teufel der Kaste, des Glaubens, des religiösen Hasses ist im Land von Sankar Dev nicht willkommen
Durch seine Lehren und sein Gebetssystem wurde seine Religion erleuchtend.

Sankardeva sollte wiederkommen

Sankar Dev sollte wieder nach Assam zurückkehren, um sein religiöses Prinzip zu lehren
Der Schmerz und die Spaltung, die den Fortschritt begleiteten, kann er nur ausrotten
Ungesehenes Unkraut religiöser, sozialer und geschlechtsspezifischer Diskriminierung in seinem Land
Nur seine Lehren können den Hass und die Spaltungen in der menschlichen Gesellschaft beseitigen
Seine Anwesenheit wird die meisten Übel von Assamesen und Indern beseitigen
Sankardeva sollte zurückkehren und Assam sollte wieder in der Welt erstrahlen
Das System seiner Taufe und des Jüngermachens wird global werden
Die Denkweise der Menschen wird sich ändern und die Brüderlichkeit wird gedeihen
Sein Tempel des Gebetshauses, der "Namghar", wird zu neuen Höhen mutieren
Die Differenzen und Streitigkeiten im Namen der kleinlichen religiösen Interpretation sollen verschwinden
Die Einstellung der Assameser wird offen und breiter sein und die Menschen werden die Menschen integrieren
Das soziokulturelle Umfeld der Welt wird niemals eine schwarze dicke Wolke der Teilung sehen.

In der Religion von Sankardeva

Lassen Sie uns Lotus an den Füßen von Sankardeva halten
Machen wir ihn weltweit zu seinem Schüler
Die Religion von Sankardeva ist sehr einfach
Er sagte, Gott sei einzigartig und jenseits des Ausdrucks
Keine Notwendigkeit, Gottes eigene Schöpfung für seine Segnungen zu opfern
Bete mit reinem Verstand zu Gott und das ist ganz einfach
Gott existiert überall und betet jederzeit und überall
Nicht nur das Tierreich, sondern auch das ganze Tierreich zu lieben, ist wahre Religion
Mache deinen Geist mutig und tue Gutes, du wirst erleuchtet werden.

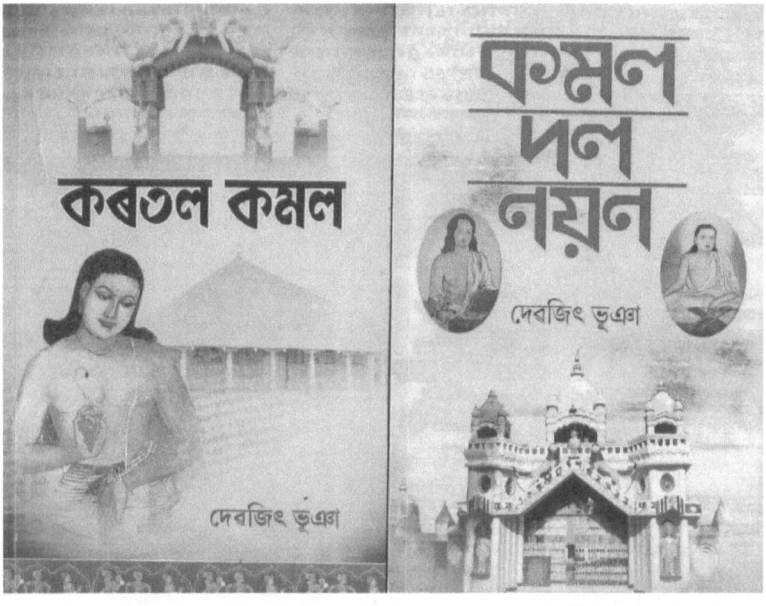

Nimm Müll mit nach Sankardeva

Der Geist ist immer instabil und wankelmütig
Um es zu überwinden, ist Sankars Weg einfach
Im Alter geben weder Geld noch Reichtum Frieden
Sie müssen alleine laufen, auch wenn Sie sich in der Nähe eines überfüllten Strandes befinden
Keine jungen Leute werden daran interessiert sein, zu sprechen, auch nicht in Ihrem eigenen Zuhause
Und der Schmerz des Geistes wird um ein Vielfaches zunehmen
Warum in den letzten Lebenstagen anderen zur Last fallen
Beten Sie mit offenem Geist und jeglichem Herzenswunsch zu Gott
Sicherlich werden Sankars Texte den Weg zu einem wankelmütigen Geist in Richtung Erlösung zeigen.

Schüler besuchen Sankardeva

Lotus an der Hand
Sabot zu Fuß
Der Klang 'khot khot'
Bedeutet die Ankunft von Sankardeva;
Die Jünger freuen sich
Ihr Wunsch, Sankardeva zu treffen, verwirklichte sich
Sankardeva sah aus wie eine helle Sonne
Die Jünger wurden überrascht, als sie sein Leuchten sahen
Aus ihrem Mund begannen Gebete zu fließen
Sie berührten den Fuß von Sankardeva mit himmlischem Vergnügen
Das Leben der Jünger wurde erfolgreich
Sankardeva taufte sie auf seine moderne und einfache Religion
Langsam verbreiteten sich die Lehren von Sankardeva wie wildes Feuer
Der Himmel, die Luft und die Häuser von Assam begannen, seinen Vers zu singen
Die sozio-kulturelle von Assam nahm einen neuen Kurs.

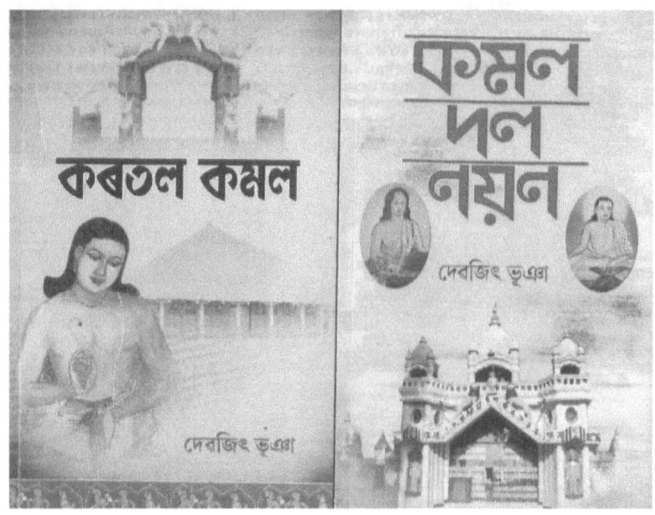

Universeller Guru Sankardeva

Sankardeva ist ein universeller Guru für die Menschheit
Er ist Symbol für Gut, Gleichheit und Spiritualität
Niemand ist oder wird ihm gleichwertig sein
Nur wenige Zeitgenossen von Sankardeva waren zu sehen
Die Schrift eines Gottes, eines Gebets und einer Bruderschaft verbreitete sich
Die Dunkelheit des Geistes der Menschen verschwand schnell
Gierige und gewalttätige Menschen haben ihr Bewusstsein wiedererlangt
Sankardeva war der größte Theaterautor und Regisseur aller Zeiten
Seine Stücke verbreiteten sich sehr schnell und wurden zum Rückgrat der assamesischen Kultur
Vision von Sankardeva nicht nur auf Menschen beschränkt
Es umfasst das Leben jedes Lebewesens auf diesem Planeten Erde
Sankardeva, der Gottvater der assamesischen Nationalität für immer.

Das Gold von Assam

Hazarats Zuhause war in einem arabischen Land
Parfüm liegt seinem Verstand und seiner Religion sehr am Herzen
Neue Religion in Saudi-Arabien geboren, war Hazarat der Prophet
Die Religion hat es aufgegeben, Götzen anzubeten und nur einen Gott anzubeten
Die nichtritualistische neue Religion wurde schnell populär
Die Pilgerfahrt der Hadsch wird zu einem jährlichen Ritual
Streitigkeiten mit anderen Religionen begannen bald
Krieg brach in der Folge religiöser Intoleranz aus
Die Völker der Welt haben wegen religiöser Konflikte viel gelitten
Menschen aus der nicht-arabischen Welt machten Mohammed für die Leiden verantwortlich
Sankardeva predigte für Brüderlichkeit und universelle Liebe zwischen allen Glaubensrichtungen
Anhänger des Islam wurden auch seine Schüler
In Assam gab es keinen religiösen Kreuzzug oder Konflikt
Die Gesellschaft ist mit gemeinschaftlicher Harmonie vorangekommen
Sankardeva erwies sich als das Gold von Assam.

Brindavani Bastra (Stoff) von Sankardeva

Mit seinen Schülern begann Sankardeva, ein monumentales Tuch zu weben
Alle, die an der Schaffung des Meisterwerks teilgenommen haben, waren begeistert
Die Geschichte von Lord Krishna wurde in diesem einzigen Stück Stoff dargestellt
Die ganze Welt war fassungslos, als sie die Schönheit der Brindavani-Bastra sah
Dieses einzigartige Stück Stoff wurde zur Krone der assamesischen Weber- und Textilindustrie
Manchmal kamen Briten nach Assam und wurden zum Herrscher
Die Brindavani Bastra wurde nach London gebracht
Es erstrahlt immer noch im British Museum als Ruhm von Sankardeva und Webern von Assam.

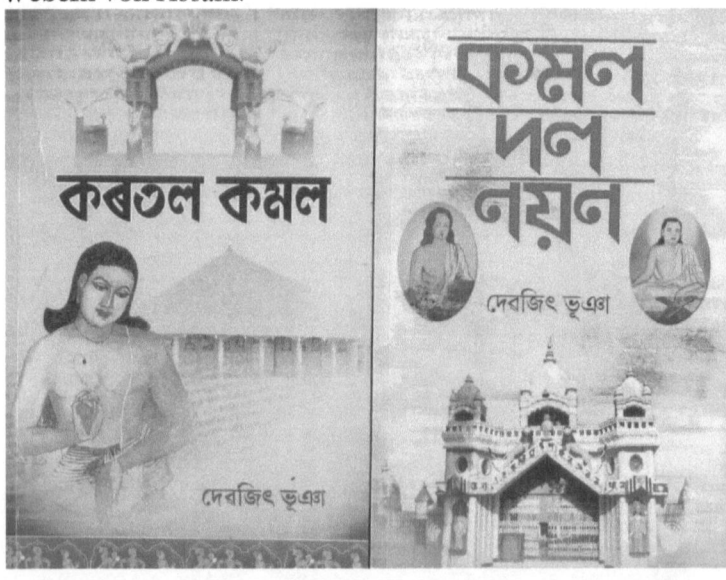

Der König der Herzen

Für das Volk von Assam wurde Sankardeva zum neuen König der Herzen
Am Horizont von Assam rosiert er wie die helle Sonne
Seine Worte und Lehren wurden wie ein Windhauch
Assam kam für ihn ins Rampenlicht
Seine Schriften wurden zu religiösen Texten für den reformierten Hinduismus
Die Menschen kamen in Scharen, um seine Anhänger und Schüler zu sein
Der rituelle Hinduismus wurde für gewöhnliche Menschen einfach
Die Barriere von Kaste, Glauben, Reich und Arm brach zusammen
Die Leute folgten ihm mit Buchstaben und Geist
Er wurde als unbestrittener König der Herzen in Assam gekrönt.

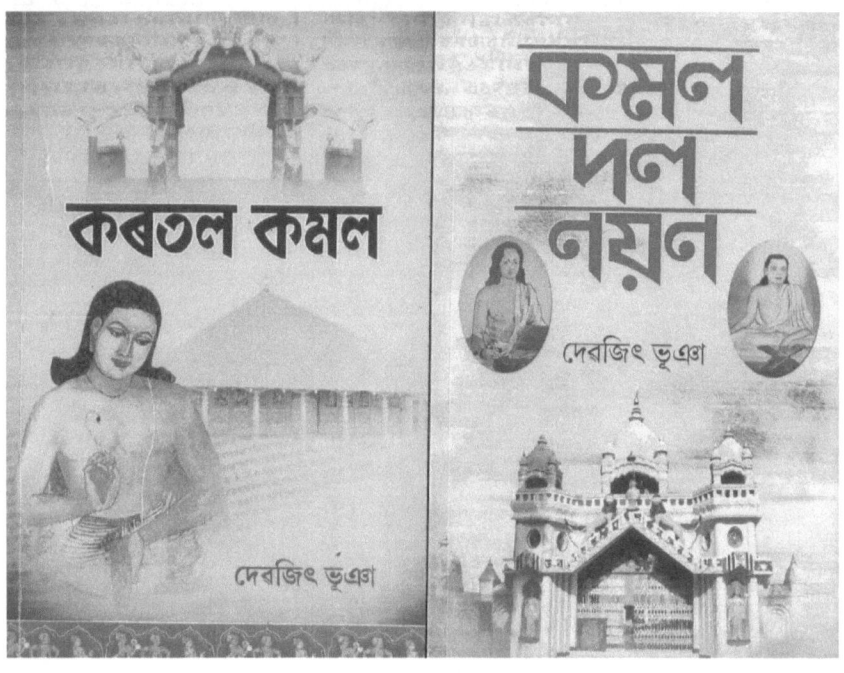

Abreise von Sankardeva

120 Jahre sind seit der Geburt von Sankardeva vergangen
Die Zeit für den Abschied der Heiligen Sankardeva von der Welt ist gekommen
Sankardeva beschloss, keinen König zu seinem Schüler zu machen
Aber der König Naranarayana von Assam bestand darauf, ihn zu taufen
Sankardeva beschloss, das weltliche Leben zu verlassen, bevor King mehr Druck ausübt
Er ging zum himmlischen Wohnsitz und gab seinen Jüngern alle seine Schätze
Ganz Assam und Bengalen waren schockiert über seine Abreise
Die Leute haben mehrere Tage geweint und Tränen fallen wie Regen
Sankardeva wurde durch seine religiösen Texte und andere Schriften unsterblich
Bis heute sind seine Verse und Schriften das Rückgrat und die Klassiker der assamesischen Sprache.

Die Beine von Lord Shiva

Das Ende des Dramas in dieser Welt geschieht durch Lord Shiva
Der Tod ist das Ende der Reflexion des Lebens in seinem Spiegel
Lord Shiva ist der perfekte Tänzer in diesem Universum
In der Reibung seines ewigen Tanzes verschwinden Sterne und Planet
Auf seinen Ruf hin sterben sogar Galaxien und werden zu einem Schwarzen Loch
Lord Shiva kann leicht durch Gebete mit reinem Geist befriedigt werden
Leben und Tod sind Teil von Schöpfung und Zerstörung
Niemand kann dem Tod entkommen, nicht einmal Lord Rama und Krishna
Sogar der König Yama, der Gott des Todes, ist nur ein Bote von Lord Shiva.

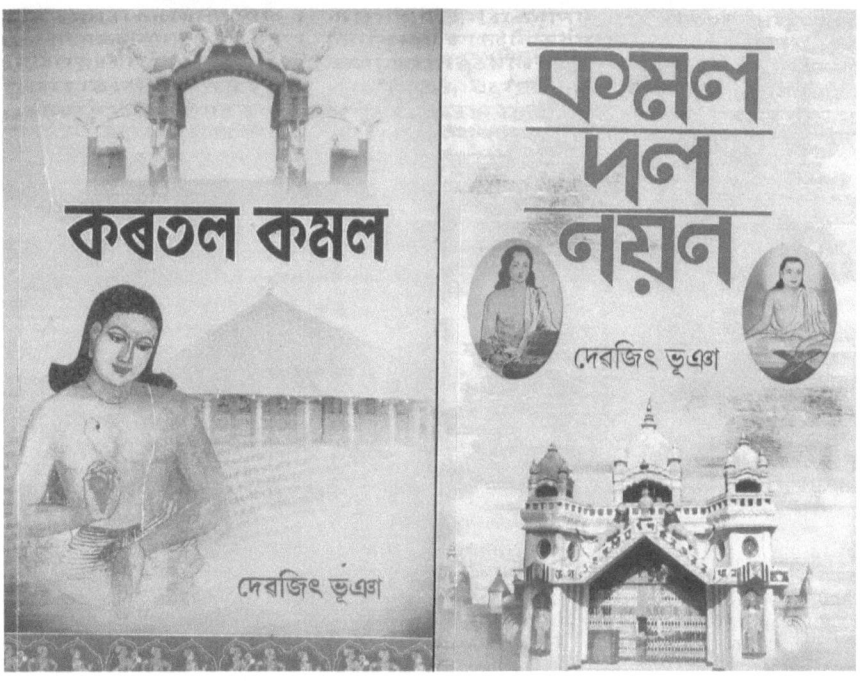

Religionen im Griff des Geldes

Die Welt ist jetzt voll von Sünde und unheiligen Aktivitäten
Auch der Berggipfel und die Tiefsee sind nicht frei
Niemand mag das einfache ganzheitliche Leben
Alle sind damit beschäftigt, im Meer der Sünde zu schwimmen
Die Religionen sind im Griff des Geldes
Kriminelle haben Feldtag in der Religion durch Geldmacht
Für Geld lobt der Priester die Verbrecher mit heiliger Dusche
Eines Tages wird die Reinkarnation Gottes stattfinden
Die Welt wird frei von Hass, Sünde und Verbrechen sein.

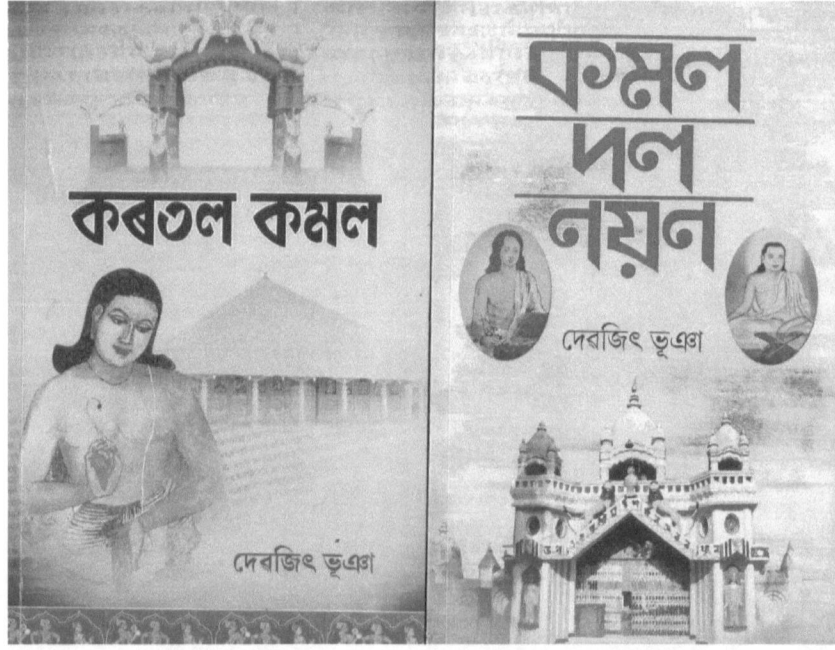

Gebet

Um den Geist zu reinigen, ist das Gebet unerlässlich
Um das Spinnweben von Menschen zu entfernen, ist es wichtig,
Das Gebet sollte mit reinem Geist verrichtet werden
Das Ergebnis des Gebets, dann können nur wir
Für jedes Lebewesen müssen wir freundlich sein
In der Gier wird unser Geist verdrahtet und blind
Nur durch Gebete können wir uns entspannen
Das Gebet ist ein wichtiges Hilfsmittel für die Einsamkeit
Gebet ohne Erwartung kann die Einstellung ändern
Mit dem Gebet wird der Geist rein, gesund und stark
Harte Worte sollten niemals aus der Zunge kommen.

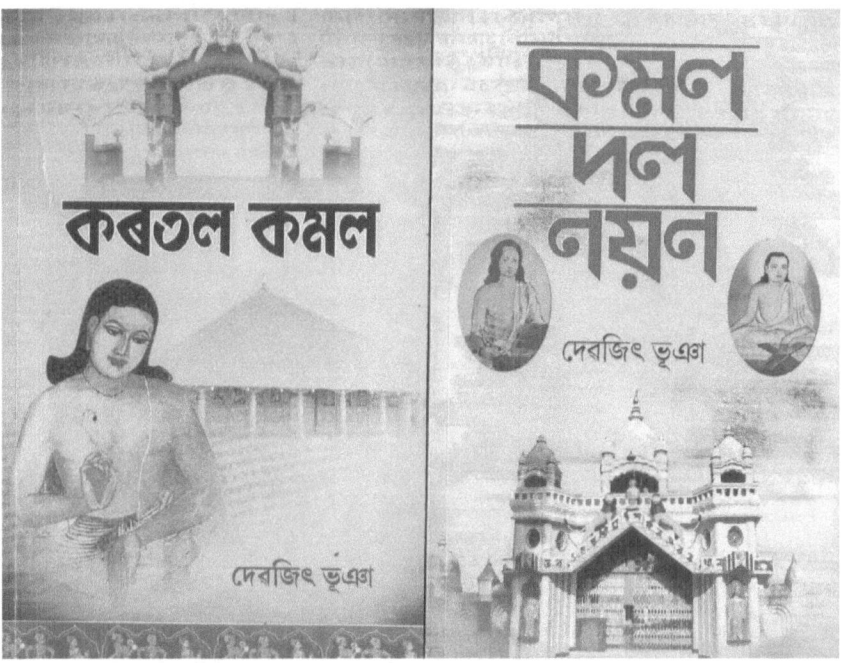

Geld

Heute, in der Welt, ist Geld das Ziel des Menschen
Wenn Geld kommt, bringt es himmlische Gefühle in die Seele
Aber zu viel Geldgier macht den Geist süchtig und statisch
Geld ist nur als Überlebensmedium notwendig, um den Bedarf zu decken
Aber der Wunsch nach Geld ist keine Notwendigkeit, sondern nur eine Gier
Es ist wahr, dass Geld nie im Baum wächst
In dieser Welt kannst du kein Geld umsonst verdienen
Um Geld zu verdienen, ist harte Arbeit der einzige Schlüssel
Mit mehr Geld wird deine Welt nie der Himmel sein
Zu viel Gier für macht bitter sogar Honig
Geld wird nie dein Begleiter auf deiner letzten Reise sein.

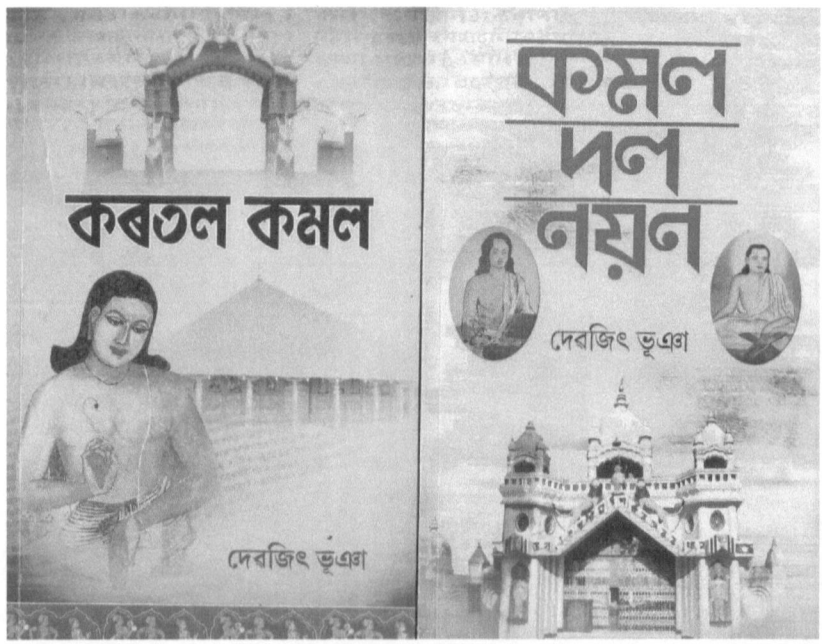

Assam-Nashorn

O' dein Mensch, schäme dich wenig
Berauben Sie das Horn nicht von unschuldigen Nashörnern
Assam ist berühmt für dieses eine gehörnte Tier
Arbeiten Sie mit Agenturen zusammen, um ihr Überleben zu sichern
Wildere sie nicht und töte sie nicht in ihrem Lebensraum
Mache ihnen einen Weg der Liebe, um sie in freier Wildbahn zu besuchen
Sie sind Assams Ruhm und einsames Kind
Fühle Schmerzen, wenn Wilderer Nashörner töten
Sehen Sie die Schönheit, wenn sie sich in der Nähe von Bambus bewegen
Kaziranga hat vielen Jung und Alt den Lebensunterhalt ermöglicht
Werde ein Freiwilliger in der Mission, dieses Tier als dein Gold zu schützen.

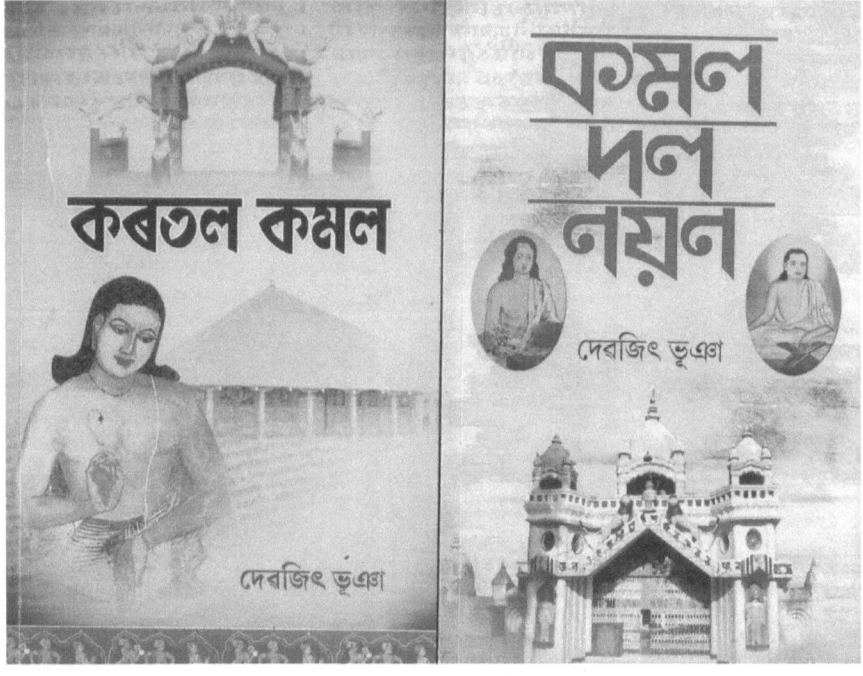

Mann

Mann! Du beginnst keinen weiteren Weltkrieg
Mann, du stoppst und beendest den andauernden Krieg
Wenn Sie den Krieg fortsetzen, ist die Zerstörung der Welt nicht weit
Das Fundament der Menschheit und Zivilisation wird erschüttert
Straßen, Gebäude, Brücken, die du gebaut hast, alles wird kaputt sein
Innerhalb weniger Stunden werden schöne Großstädte zerstört
Wälder und Wildtiere werden entwurzelt
Der Frühling wird nicht mit der Melodie der Vögel kommen
Es wird keine Haustierherden mehr geben
Mann! Du versprichst deinen Kindern, die Feindseligkeiten zu beenden
Um Krieg zu stoppen, sind Liebe und Brüderlichkeit erforderlich, keine Vereinbarungsformalitäten.

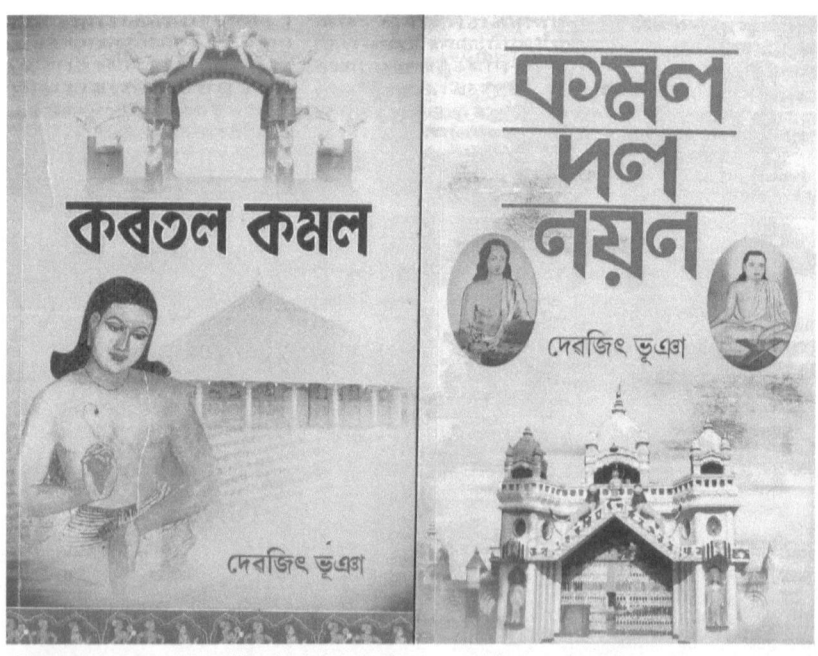

Aufmunterung des Tals

Im Hochgebirge, Tiefkühlhäuser
Die Hände werden zu Eis und können sich nicht bewegen
Auch das Trinken heißer Suppen kann nicht helfen
Die Wollkleidung kann den Körper nicht warm halten
Obwohl Alkohol nicht heiß ist, kann er den Körper angenehm halten
Um den Körper warm zu halten, laufe hier und da mit einem Pflock
Für ein paar Tage Lebensmittel, müssen Sie die Tasche tragen
Nach etwa einem Monat schmilzt das Eis
Das Wasser wird das Tal hinunterfließen
Das Tal wird wieder fröhlich mit neuen Pflanzen
Die Vögel und Tiere des Tals werden den Frühling genießen
Grüne Farbe ins Tal, die neuen Bäume bringen.

Blühender Assam

Der Frühling ist in Assam wie in anderen Teilen der Welt sehr beliebt
Die Tage der verschiedenen Community-Festivals entfalten sich langsam
Die Weber sind glücklich und aktiv für die Festivalsaison
Die Geräusche von Webshuttles klingen in einer neuen Dimension
Lotus blüht in Teichen und tanzt mit dem Wind
Die Nashörner kamen aus dem tiefen Wald, um weiches Gras zu fressen
Touristen besuchen sie in offenen Jeeps mit Lachen und Spaß
Manchmal jagen Nashörner ihr Fahrzeug mit einem Lauf
Einige Fremde öffnen eine Bierflasche unter den drei
Das Wetter und das Klima sind klar, mild und frei
Assam blüht mit Blumen, Tänzen und fliegenden Bienen.

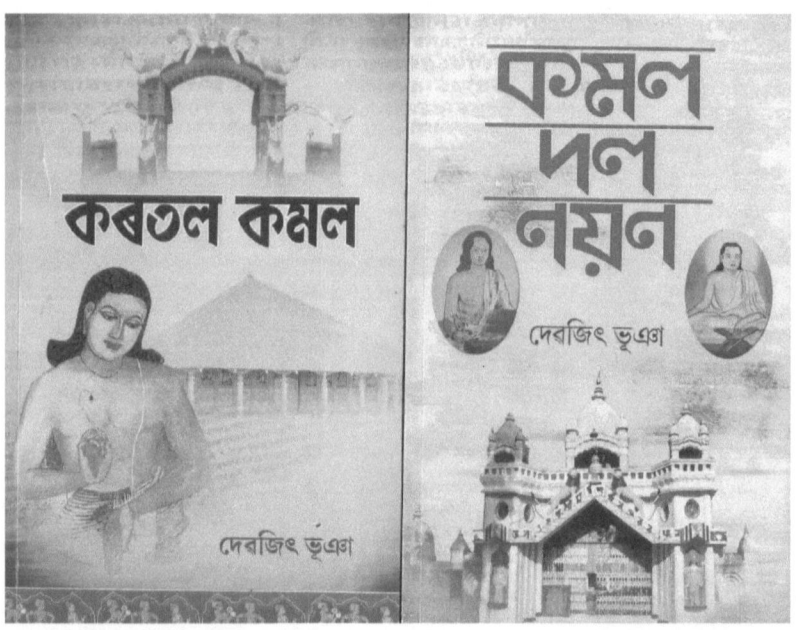

Vermeiden Sie Alkohol

Alkohol ist nicht gut für tropische Länder wie Assam
Das heiße, feuchte Klima ist nicht trinkfreundlich
Die Teegartengemeinschaften für Alkohol, der zum Sinken verwendet wurde
Um Alkohol zu vermeiden, sollten die Menschen in Assam denken,
Erinnere dich an die Geschichte des Kobolds und des Bauern
Für Alkohol ist die Aufteilung der Familien relevant
Obwohl in Assam die Partei der Lotus an die Macht kam
Sie haben auch die Alkoholdusche erhöht
Die unethischen Treader verkaufen Alkohol an Jugendliche
Elend und Anspannung für die Eltern, es bringt jetzt ein Tag
Für einen armen Staat wie Assam ist der Alkoholboom nicht gut
Um Einnahmen zu erzielen, ist es unhöflich, Alkohol zu fördern.

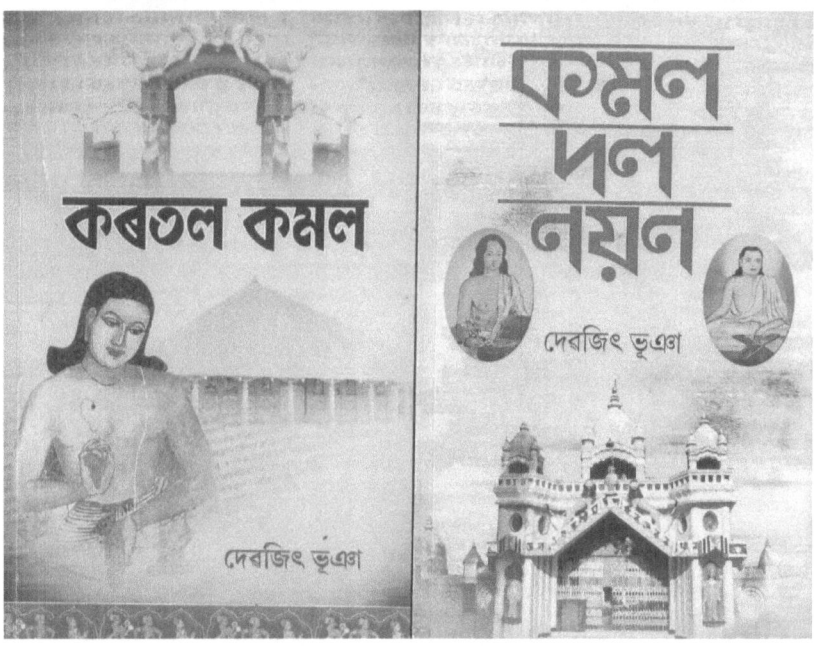

Krieg

Krieg ist keine Frage von Witz oder Humor
Sogar der Unsterbliche stirbt im Krieg
Krieg zerstört Häuser, Landwirtschaft und Lebensgrundlagen
Sprunghaft ansteigende Preise werden zu Preisen für alle Lebensmittel
Auch für Tiere und Bäume ist Krieg nicht gut
Die Kinder weinen und fürchten sich und sehen den Tod der Mutter
Auch ihre Gebete wurden vom Gottvater nicht erhört
Ebensowenig der egoistische und sogenannte patriotische Weltführer
Die Menschheit stimmt nie zu, dass Krieg ein Fehler der Zivilisation ist
Schmerzen und Leiden sind das Endergebnis von Konflikten
Meine lieben Führer, um einen Krieg zu beginnen, sollten Sie niemals zulassen,
Ihre Grausamkeit wird eines Tages die Geschichte anklagen
Um die Welt friedlich zu machen, benutze dein Gehirn und deinen Instinkt.

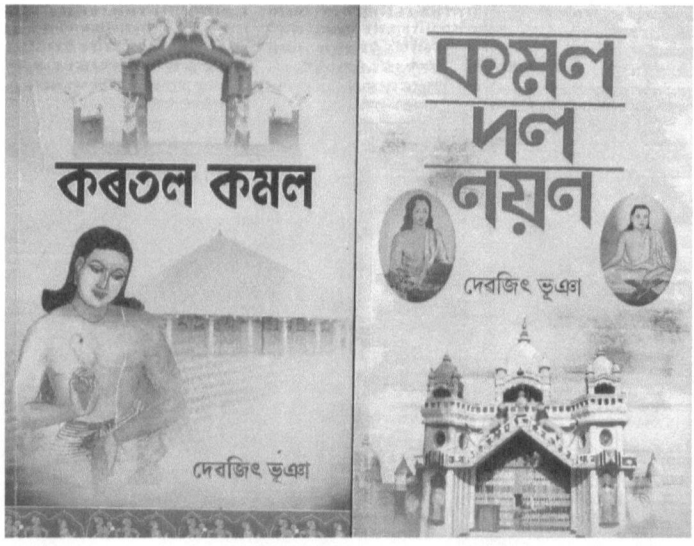

Gute Arbeit

Die Frucht guter Arbeit ist gut
Das Ergebnis schlechter Arbeit ist Leiden ist die Regel
Gott begleitet, während er gute Arbeit leistet
Das Ergebnis unlauterer Arbeit, die Sie allein erleiden müssen
Die Schwerkraft zieht Früchte von den Bäumen an
Ähnlich gute Jobs ziehen Gottes Segen an
Bald wirst du sehen, dass deine Arbeit glänzt.

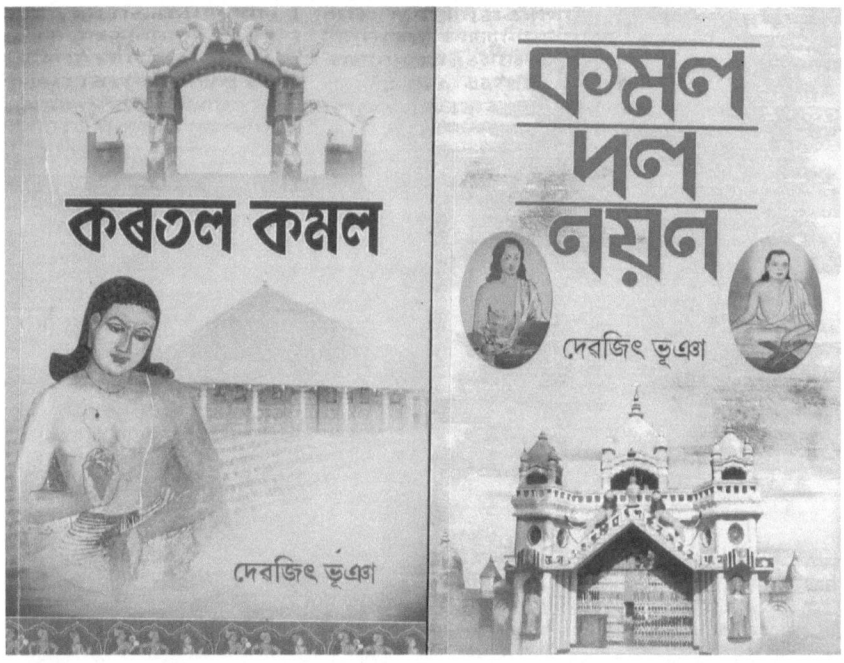

Niemand ist unsterblich

Kein Mensch auf dieser Welt ist unsterblich
Jeden Moment bewegen wir uns auf den Tod zu
Auf dem Weg der Ehrlichkeit keine Angst vor dem Sturz
Mit Liebe zu Gott können wir die Reise
Sei nicht verrückt nach Geld und Reichtum
Geld kann niemals Unsterblichkeit kaufen
Stärke deinen Geist, um mutig zu sein und den Tod nicht zu fürchten
Sei großzügig, freundlich und ehrlich, während du lebst
Zum Zeitpunkt der Abreise werden Sie es nicht bereuen.

Festival der Farben (Holi)

Holi, das Festival der Farben
Genieße die Liebe und Zuneigung von Holi
Farbwellen, rot, gelb, blau, grün fließen
Mit Farben, der Ganzkörperglanz der Menschen
Stadt, Ort, Dorf überall der gleiche Geist
Die Größe der Farbe zu genießen, ist der Instinkt
Im Festival der Farben genießt jeder den Tag und vergisst den Schmerz
Sieben Farben sind der Geist des Lebens, das Thema Holi Train.

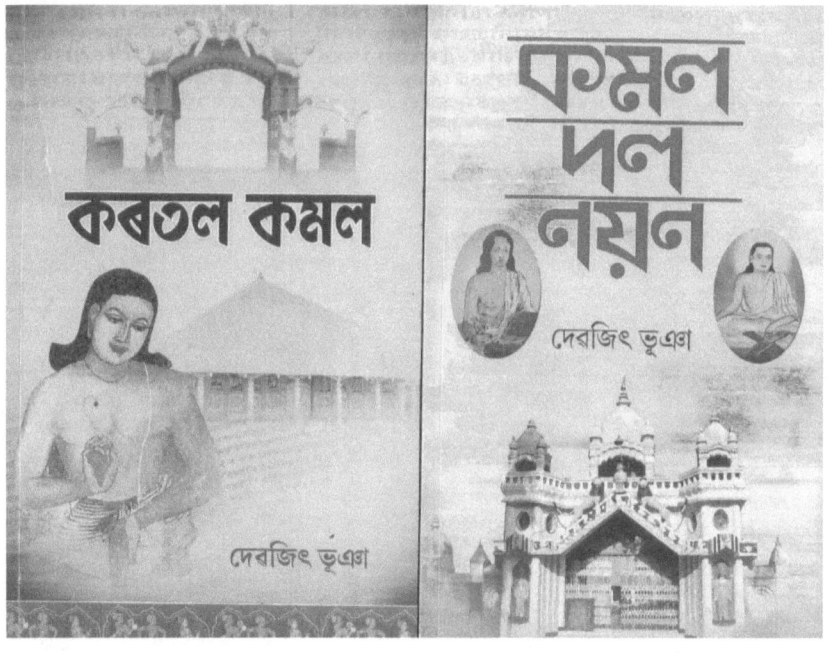

Chital

Chital, du grast fröhlich im Dschungel
Aber seien Sie sich des Menschen bewusst
Sie sind gierig nach deinem Fleisch
Die Geschwindigkeit des Pfeils, die Sie nicht schlagen können
Better you roam mit Rhino
Und ruhen Sie sich in der Nähe des Elefanten aus
Du bist eine wunderschöne Halskette aus Indien
Deine Haut und dein Fleisch sind deine feindlichen Medien
Mit schrumpfenden Wäldern wird eine Überlebensreise schwierig.

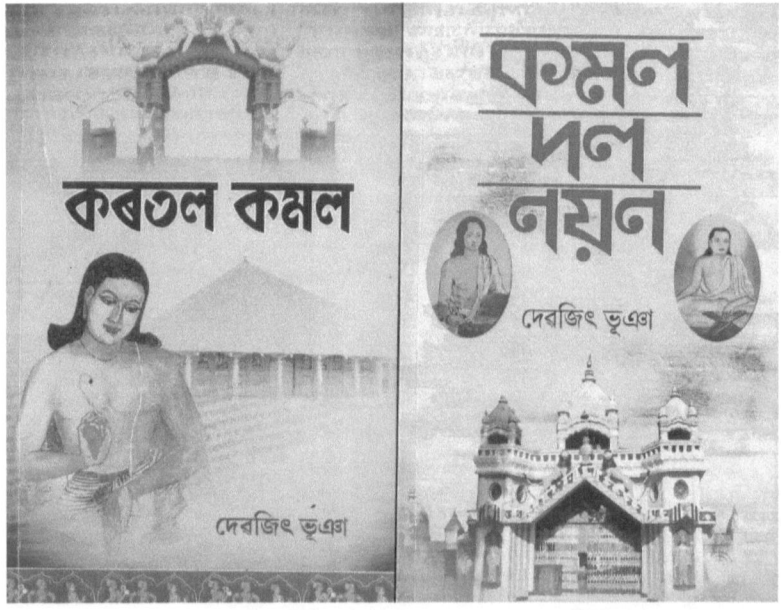

Festival-Saison

Du kümmerst dich während meiner Schmerzen nie um mich
Eilte zu mir, um den monetären Gewinn zu kennen
Auch im heißen Sommer, jetzt zögern Sie nicht zu laufen
Geld ist der elektrisierende Motivationsspaß
Während des Festivals hatten Sie auch keine Zeit für Wünsche
Aber du hast den Berg zur eigenen Freude bestiegen
Aber keine Zeit, sich nach Ihrem Freund zu erkundigen
Jetzt sagst du süße Worte, wie kann ich darauf vertrauen,
Jedes Ihrer Worte ist nur aus finanziellen Gründen und Lust.

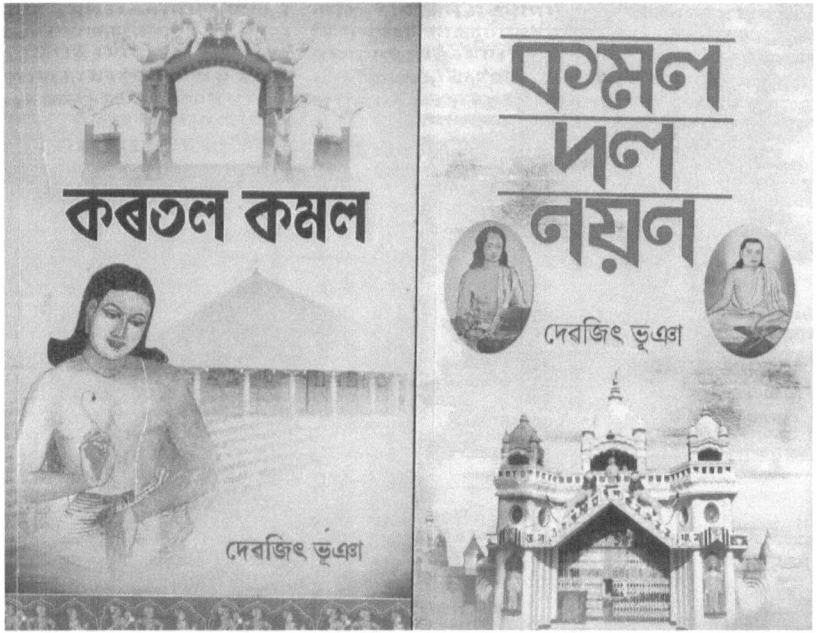

Alter

Im Alter werden Menschen statisch
Ich mag keine Bewegung, auch nicht, um nach oben zu gehen
Doch die Menschen haben Angst vor dem Tod
Unerfüllte Wünsche, Jobs und Wünsche
Angst vor dem Tod furchterregender machen
Auch als der Tod weder dich noch mich verschonen wird
Also, warum den Tod fürchten, den Moment genießen
Nimm Abfall in Spiritualität und allmächtig
Während du über den Tod nachdenkst, nimm es auf die leichte Schulter.

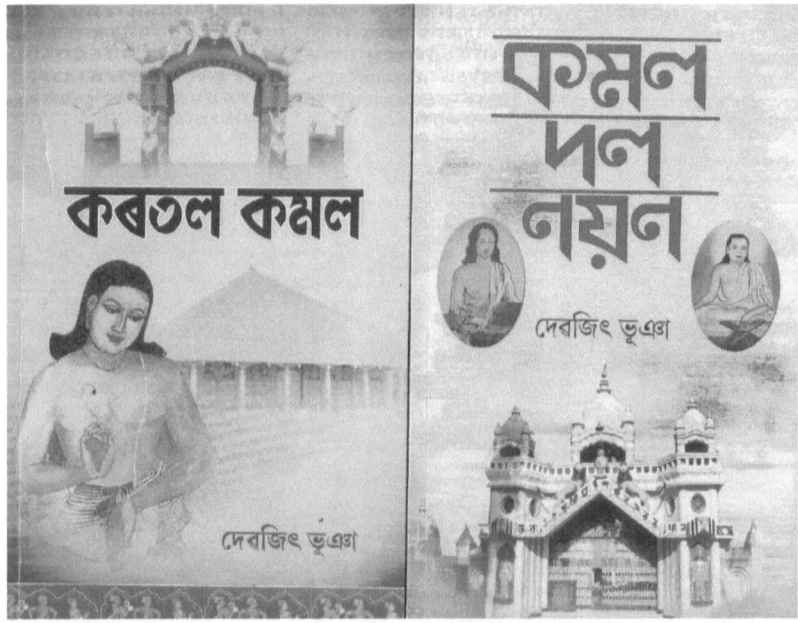

Liebe deine Mutter

Liebe deine Mutter, kümmere dich um deine Mutter
In ihrer Krankheit ist Liebe besser als Medizin
Medikamente allein reichen nicht aus, um Krankheiten zu heilen
Fürsorge mit Liebe hat magische Kraft zu heilen
Erinnere dich an deine Kindheitstage
Wenn du dich mit der Berührung der Handfläche deiner Mutter besser fühlst
Jetzt im Alter mit deiner Berührung, wird sie sich ruhig fühlen
Mehr als deine liebevolle Berührung gibt es keinen besseren Balsam.

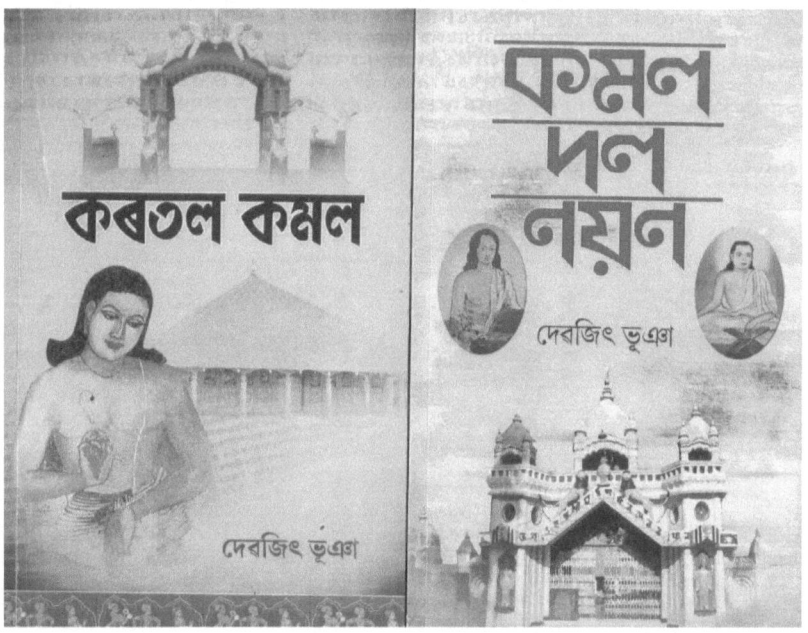

April

April ist nicht nur April-Narr in Assam
Im April schweben die Köpfe aller Assamesen
Die Jahreszeit hat sich nach dem kühlen Winter geändert
Bäume tanzen mit neuen grünen Blättern
Und Kuckucksgesang auf Mangobäumen ununterbrochen
Die Weber sind damit beschäftigt, neue Handtücher (Gamosa) zu weben
Das Rongali Bihu Festival, das Fest der Freude, klopft an die Tür
Jung und Alt, jeder ist damit beschäftigt, Bihu-Tanz zu praktizieren
Bihu ist die Seele des assamesischen Volkes am Ufer des Brahmaputra
Sogar die Nashörner von Kaziranga freuen sich, neu gewachsenes Gras zu sehen
Der Monat April ist nicht nur ein Monat im Kalender
April (Bohag) macht Assam grün und erleuchtet das Herz des assamesischen Volkes.

Dasaratha (Ramayana-Geschichte)

Auf dem Pfeil des Königs Dasaratha starb der Sohn des blinden Weisen
Durch den Fluch des Weisen bekam das kinderlose Dasaratha Kinder
Rama wurde mit Lakshmana, Bharata und Straughn geboren
Außerdem wurde Sita, die Frau von Rama, in einem nahe gelegenen Königreich in Nepal geboren
Um die Versprechen des Vaters einzuhalten, ging Rama für vierzehn Jahre ins Exil
Lakshmana und Sita begleiteten Rama auch während seines Exils
Wegen des mentalen Schocks, Rama in den Dschungel geschickt zu haben
Dasaratha starb und überließ den Thron Bharata, um zu herrschen
Sita wurde im Dschungel vom Dämonenkönig Ravana entführt
Rama erreichte Lanka mit Hilfe von Hanumana und anderen Affen
Sita wurde gerettet, Ravana wurde getötet und alle kamen nach Ayudha zurück
Rama errichtete das ideale Königreich mit Gleichheit, Gerechtigkeit und Rechtsstaatlichkeit.

Bharata

Lakshmana ging mit Rama in den Dschungel
Bharata blieb im Königreich
Er regierte das Königreich und behielt Ramas Sabot auf Singhasan (Stuhl)
Das magische Chital betrog Lakshmana
Sita wurde aus ihrer Dschungelhütte entführt
Großer Krieg zwischen Rama und Ravana ausgebrochen
Lakshaman spielte die Schlüsselrolle bei der Niederlage des Dämonenkönigs
Sita wurde gerettet und alle kehrten glücklich nach Hause zurück
Die Qual von Bharata endete mit der Rückkehr von Rama.

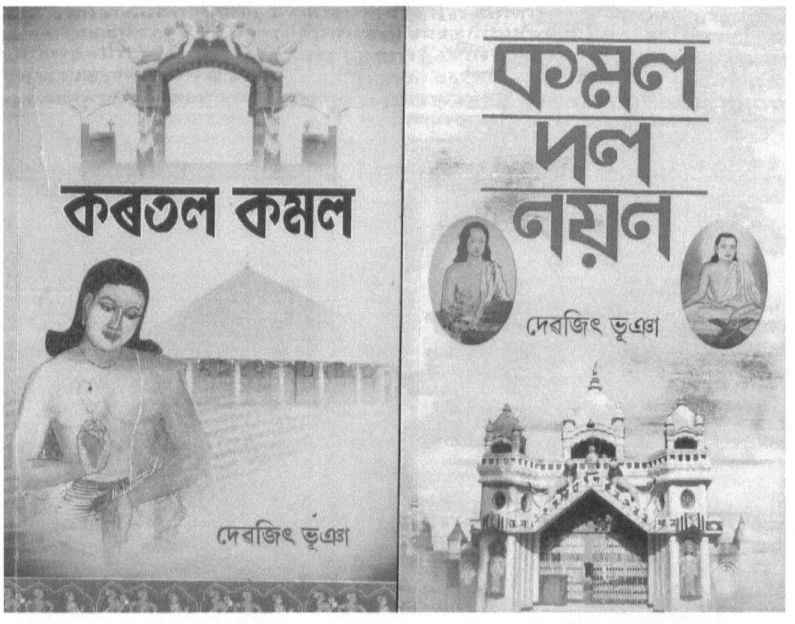

Lakshmana

Die Weisen rieten: „Lakshmana, hab keine Angst vor Ravana"
Der Windsohn Hanuman ist bei dir wie ein Schatten
Obwohl Ravana ein Verehrer von Lord Shiva ist
Sein Ego und seine Arroganz werden zu seiner Niederlage führen
Zeit ist im Krieg entscheidend und greife den Feind mit den besten Waffen an
Nutze deine besten Waffen in erster Linie
Der Weg der Wahrheit und Ehrlichkeit triumphiert immer über das Böse.

Laba (Sohn von Rama)

Laba war der Enkel von König Dasaratha
Jung, energisch und schön
Beschützer des Ashram der Rishis und Weisen
Der Ruhm von Laba verbreitete sich über den ganzen Kontinent
Rama rief ihn zu seiner Versammlung
Auch sein Bruder Kusha begleitete ihn
Die Geschichte des Ramayana von ihnen zu hören Rama war überrascht
Die Zwillingsbrüder waren sein eigener Sohn, erkannte Rama.

Gott suchen

In großen großen Tempeln werden auch heute noch Tiere geopfert
Büffelblut, Ziegen fließen wie ein Fluss
Um Gott zu gefallen, töten Menschen Gottes eigene Kinder
Kein Gott wird sich jemals freuen, Blut von Unschuldigen zu sehen
Gott wird sich freuen, Liebe und Fürsorge für alle Lebewesen zu sehen
O' dein Mensch, bete zu Gott mit reinem Geist
Wenn du unschuldige Tiere opferst, wird Gott dein Gebet nicht annehmen
Er wird niemals mit Blut antworten, wofür du gebetet hast
Gott ist immer barmherzig und tötet niemanden
Wenn du unschuldig für deinen eigenen Gewinn opferst, wirst du Sünde sammeln.

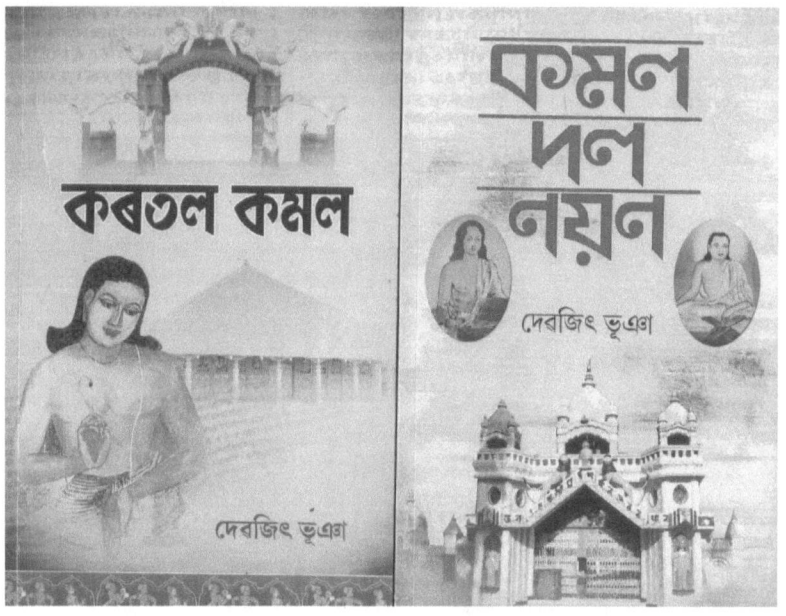

Charriot des ehrlichen Weges

Das ist unser Assam, geliebter Assam
Sehr lieb und nah am Herzen
Assam ist ein Land der guten Kultur und Großzügigkeit
Es gibt keinen unmoralischen Frauenhandel
Auch in vielen Stämmen regiert die Frau die Familie
In der Geldgier macht niemand Prostitution
Mitgift und Braut brennen nicht Teil des assamesischen Lebens
Jede Frau und geliebte Ehefrau hat das gleiche Recht
Es kann viel Geld auf dem Weg der Unehrlichkeit sein
Aber der einfache Mann von Assam bevorzugte das einfache Leben
Sehr selten schlagen und scheiden Frauen die bessere Hälfte.

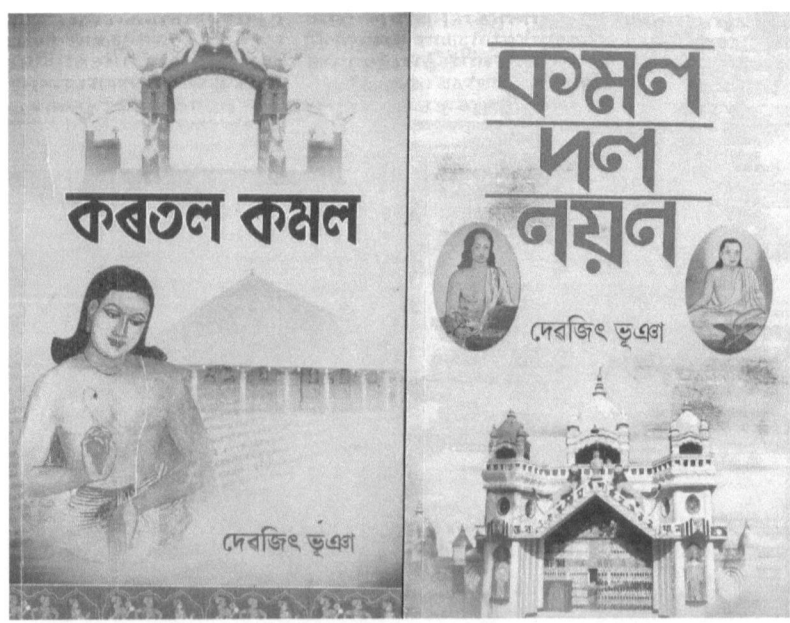

Kümmern Sie sich um Ihre Gedanken

Wir kümmern uns immer um unseren Körper
Aber kümmere dich selten um den Verstand
Die Pflege des Geistes ist ebenso wichtig
Warum sollte man es vernachlässigen, indem man sich nicht darum kümmert?
Für ein gesundes Leben ist es nicht fair
Ein gesunder Geist im gesunden Körper sorgt für ein besseres Leben
Man kann leicht das komplexe Rennen des Lebens gewinnen
Nichts Gutes kann von einem kranken Geist erreicht werden
Um sich zu kümmern, ist die Straße leicht zu finden
Immer lächeln und zu allen freundlich sein
Folgen Sie dem Weg der Ehrlichkeit und Integrität
Wahrheit und Brüderlichkeit werden dir Ruhe geben.

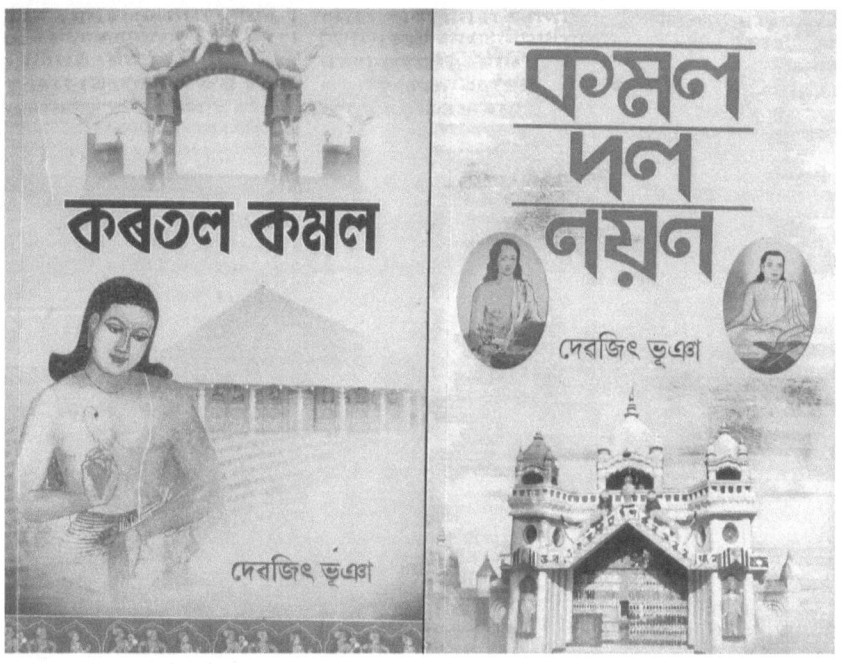

Verschwenden Sie keine Zeit

Die Zeit ist weder statisch noch
Auch die Zeit ist nicht dynamisch
Vergangenheit, Gegenwart und Zukunft
Im Bereich der Zeit sind alle gleich
Wir haben das Gefühl, dass die Zeit kontinuierlich fließt
Wie der Wasserfluss, der ins Meer fließt
Unsere Wahrnehmung, die Zeit bewegt sich wie ein Pfeil
Aber sobald es den Bogen verlässt, komm nie wieder zurück
Dennoch hoffen wir, dass es morgen ein besseres geben wird
Die Zeit hört an einem bewölkten Tag nie auf
Es verlangsamt sich auch nicht an einem sonnigen Morgen
Geht Jahr für Jahr wie gewohnt weiter
Keine Diskriminierung oder Bevorzugung
Für Arme, Reiche, Schwache oder Starke ist die Zeit gleich
Also, für Ihr Versagen ist die Zeit nicht schuld
Der wertvollste und dennoch kostenlose Reichtum im Leben ist die Zeit
Verschwenden Sie es nicht umsonst, nutzen Sie es, das Leben wird in Ordnung sein.

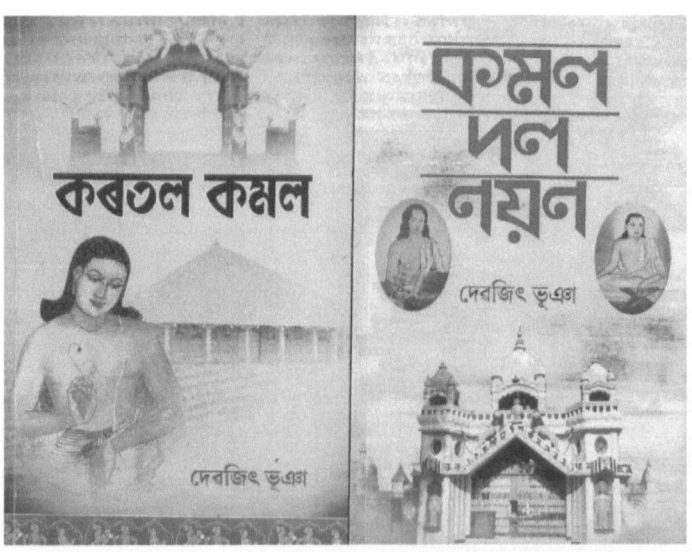

Geistesschmerzen

Kümmern Sie sich um Ihre Freunde bei psychischen Schmerzen
Liebe und Trost, Geisteskraft, sie werden gewinnen
Einsamkeit macht den Geist schwach und zerbrechlich
Einige Entscheidungen können falsch und feindselig sein
Mit Kameradschaft wird der Geist glücklich und fröhlich
Die meisten vorübergehenden Probleme können überwunden werden
Psychische Schmerzen können Menschen dazu bringen, Selbstmord zu begehen
Schlechte Dinge zu tun, hetzt ein schwacher Verstand immer
Freunde begleiten, wenn sie geistig schwach sind
Mit ermutigenden Worten, zur Normalität, wird der Freund zurückkommen.

Körperpflege

Gehen, gehen und gehen
Keine Notwendigkeit, schnell zu laufen, um fit zu bleiben
Walking ist das beste Körperfitness-Kit
Morgenspaziergang vertreibt Lethargie
Der Körper wird stark und kräftig
Die Blutzirkulation wird besser sein
Der Geist wird den ganzen Tag über fröhlicher bleiben
Gehen hat keine Zeit- und Ortsbarriere
Man kann auch ganz einfach am Walking-Rennen teilnehmen
Auf dem Wanderweg kommen neue Freunde in Kontakt
Eine gewisse Freundschaft wird ausgezeichnet sein und niemals zurückblicken
Wandern ist gut für Körper, Geist und Seele
Mit gesundem Körper und Geist können Sie das Lebensziel erreichen.

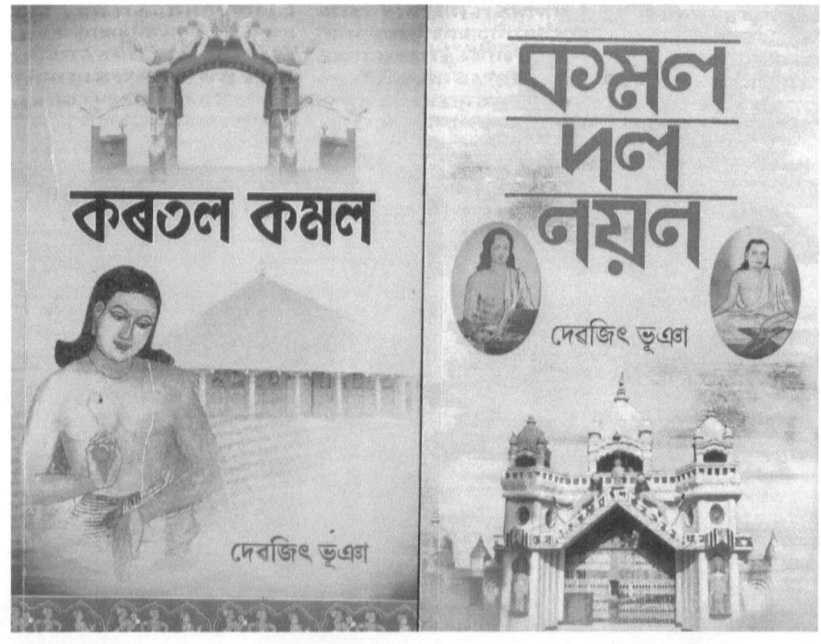

Kinderspaziergang

Sie fällt hin und steht auf
Aber sie gab nie auf, bis sie ging
Eines Tages fängt sie an, mit Spaß zu rennen
Die lange Reise des Lebens beginnt
Wenn Sie nach ein- oder zweimaligem Sturz nicht aufstehen
Nie im Leben werden Sie in der Lage sein, an Rennen teilzunehmen
Ohne zu fallen kann niemand lernen, aufzustehen und sich zu bewegen
Dieses kleine Erlernen der Kindheit macht unser Leben gut.

Madans Humor

Madan, erzähl deine Witze
Akon wird anfangen zu lachen
Sag keinen absurden Humor
In deinen Witzen sollte das Lächeln fallen
Kleine Regentropfen sollten sanft klopfen
Aber machen Sie niemals Gerüchte, um einen Streit zu beginnen
Witze sollten familiäre Beziehungen nicht zerstören
Witze sind für Lächeln und Lachen
Nicht um zu weinen und die Situation rau zu machen.

Coco, der Wundermops

Coco, du bist unser geliebtes Haustier
Die Küche ist dein Lieblingsplatz
Wenn sich das Essen verzögert, bellen Sie
Wenn der Magen voll ist, läuft man gerne
Du magst schlechte Menschen sehr nicht
Für dich ist das Zuhause der Tempel Gottes
Mit deinem geliebten Volk handelst du nie betrügerisch
Deine Anwesenheit macht alle glücklich und sprudelt
Wut und düsteres Gesicht aus der Familie beginnen zu verschwinden
Hund ist der beste Freund des Menschen, den niemand leugnen kann
Nichts kann das Vakuum füllen, das deine Abwesenheit schafft.

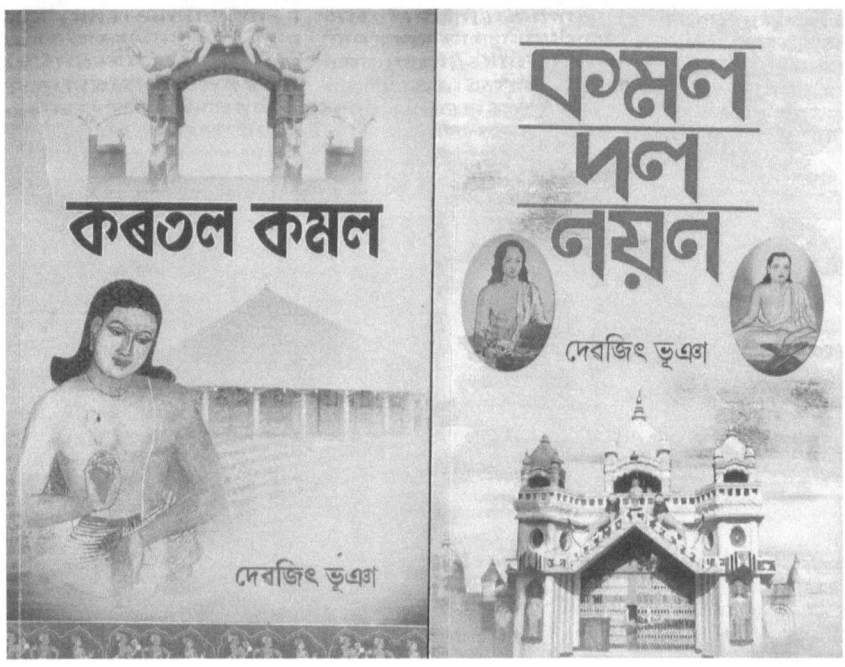

Wind

In Assam wird der Wind im Februar schnell
Jedes Haus und jede Straße wird voller Staub und trockener Blätter
Der Winter ist vorbei und das Wetter wird trocken
Lilienvögel, gefallene Blätter mit dem Wind, der früher geflogen ist
Wenn der Wind seine Geschwindigkeit erhöht, fallen sogar große Bäume um
Mit trockenen Blättern sieht das Feld von Assam braun aus.

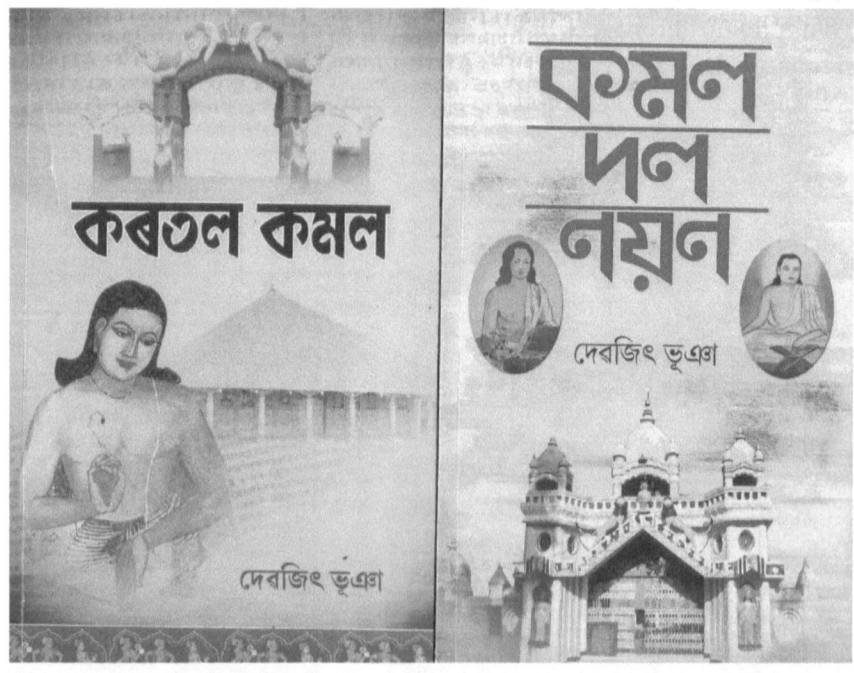

Naturkräuter

Kräuter können die Immunität des menschlichen Körpers verbessern
Sie sind gut für den Kampf gegen Krankheiten und ein gesundes Leben
Aber glaube nie, dass sie alle Krankheiten heilen können
Kräuter sind keine Antidots für Viren und Bakterien
Nur Antibiotika sind in der Lage, eine Lungenentzündung zu heilen
Doch der Verzehr von Kräutern kann helfen, Viren zu bekämpfen
Nehmen Sie Kräuter nur als Ergänzung für eine gute Gesundheit
Krankheiten zu bekämpfen, um eine gute Gesundheit zu haben, ist Reichtum.

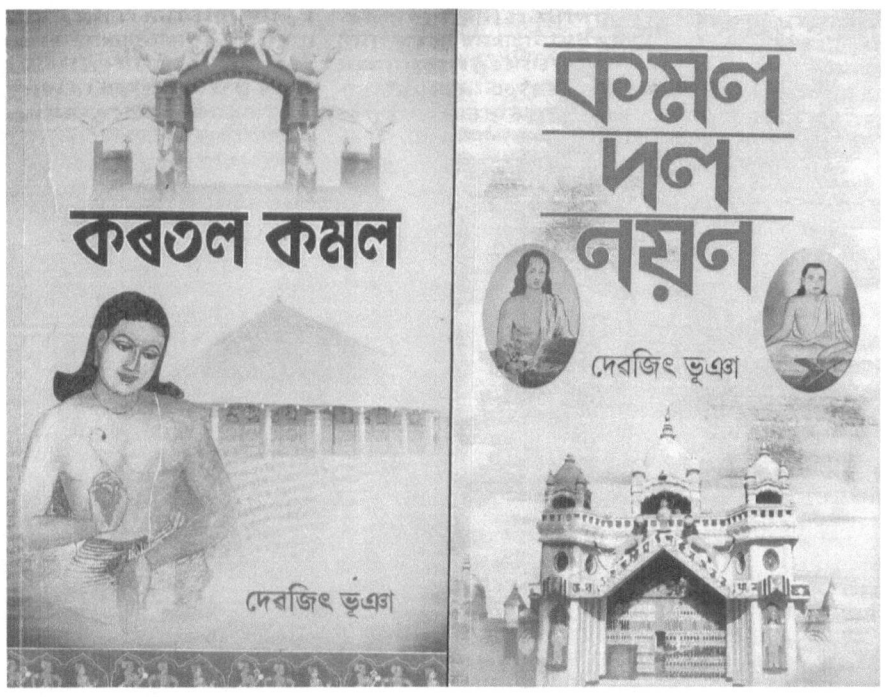

Angst vor dem Verstand

Hey Mann, hab keine Angst vor irgendetwas
Angst ist eine gefährliche schädliche Sache
Die Angst vor dem Verstand wird durch den Körper ausgedrückt
Und du bist besiegt, bevor das Rennen beginnt
In Angst siehst du Geister und unsichtbare Kreaturen
Und du fliehst kampflos vom Schlachtfeld
Das ist Feigheit, unethisch und nicht richtig
Mit Angst kann der Mensch nicht erfolgreich werden
Sobald Sie die Angst überwunden haben, sind die Möglichkeiten reichlich vorhanden
Die ganze Welt wird mit dir sein, wenn du mutig bist
Wer gewinnt, bleibt auch nach dem Grab in Erinnerung.

Angst vor den Bäumen

Die Bäume im Wald haben Angst vor dem Geräusch der Säge
Motorsägen zerstörten Wald nach Wald sehr schnell
Es war einmal, da brauchte der Mensch viel Arbeit, um einen Baum zu fällen
Aber jetzt mit mechanisierten Sägen ist der Körper störungsfrei
Das Ergebnis ist katastrophal und Regenwälder werden zerstört
Die globale Erwärmung zwang das Klima zur Veränderung
Gletscher schmelzen und Überschwemmungen verursachen Verwüstungen
Einst war die Handsäge ein Freund des Menschen und der Zivilisation
Biodiversität und Ökologie, Motorsäge zerstört.

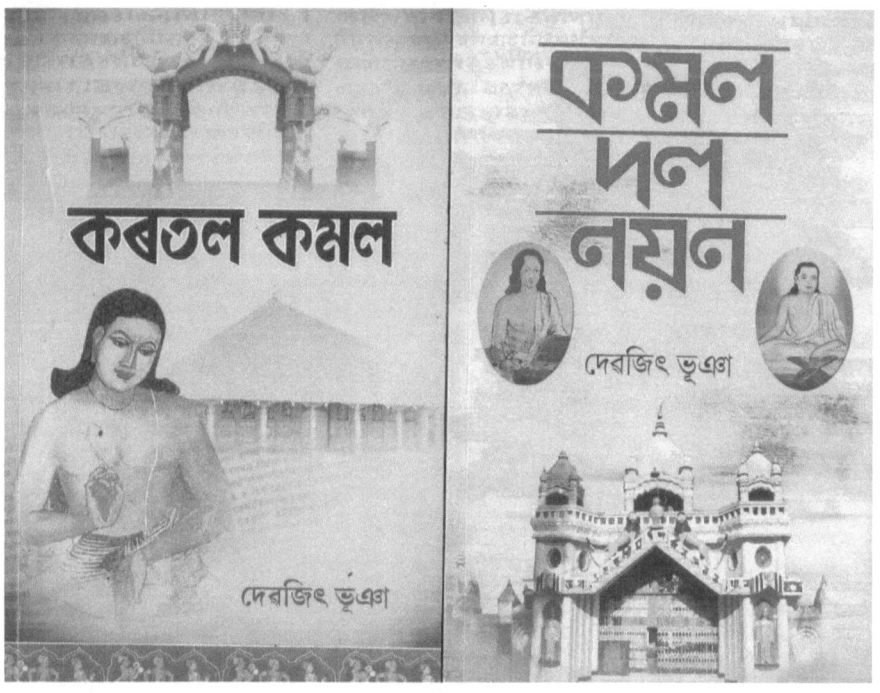

Politik der wechselnden Partei (in Indien)

Wahlzeit ist die beste Zeit, um die politische Zugehörigkeit zu wechseln
Aber Partywechsel ist nicht für die Problemlösung der Leute
In der Gier der Macht wechseln Führer und Anhänger die Parteien
Geld, Alkohol, Reichtum und Frauen sind große Motivatoren
Warum Führer die Wählerschaft täuschen, überwacht niemand gerne
 Für Politiker ist der Dienst am Menschen immer zweitrangig
Ihre Spardosen so weit wie möglich zu füllen, ist primär
Macht, Autorität und Geld sind für Führungskräfte wichtiger
Dies ist leicht zu bewerkstelligen, da die meisten Wähler unwissend sind
Die Wahlzeit ist die beste für die Wettervorhersage und den Seitenwechsel.

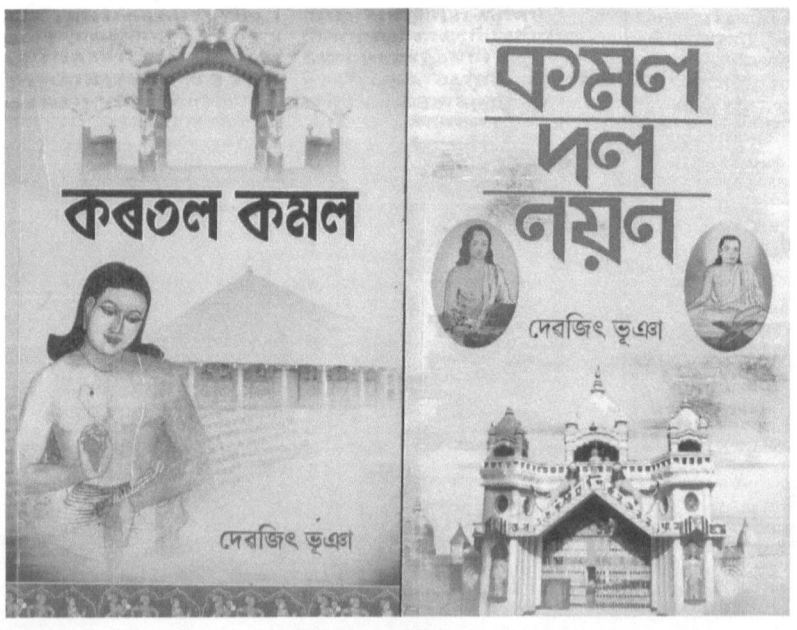

Neue Farben

Blumen mit mehrfarbiger Blüte
Der Frühling ist in Assam angekommen
Die Jahreszeit von Bihu, dem Tanzfestival
Der Klang der Trommeln (dhool-pepa) bricht die Mitternachtsstille
Unter dem Peepalbaum treffen sich die Turteltäubchen mit Freude
Kein Hass, kein Streit, keine Trennung von Farbe, Kaste, Glauben oder Religion
Alle sind in Festtagsstimmung ohne soziale Spaltung
Neue Kleidung tragen, Kinder und Jugendliche spielen und springen
Die Großmütter nehmen auch aktiv am Tanz teil
Auch in Kaziranga läuft hier und da das Nashornkalb, das Schlagzeug hört.

Treffen im nächsten Leben

Niemand weiß, ob das Leben nach dem Tod in einer anderen Welt existiert
Die Existenz der unsterblichen Seele mag ein Mythos sein, nicht die Realität
Warum also auf das nächste Leben warten, um jemanden zu lieben, sagen wir, ich liebe dich?
Liebe und genieße die Schönheit der Liebe in diesem Leben selbst
Halten Sie nichts für das nächste imaginäre Leben ausstehend
Deine Freude und Liebe wird sich verdoppeln, wenn es Leben auf der anderen Seite gibt
Mit der Parallelwelt wird die Definition des Lebens sicherlich weit gefasst sein
Genießen Sie noch heute den Regenbogen der Liebe und Schönheit des Lebens
Morgen, nächstes Jahr, nächstes Leben kann kommen oder auch nicht, wer weiß?

Devajit Bhuyan

Mobbing

Schikanieren Sie niemals Ihren Freund oder jemanden
Es wird Feindschaft und Streit bringen
Liebe und Beziehung werden für immer verschwinden
Die Leute werden dich wegen der rauflustigen Natur meiden
Fortschritt und Seelenfrieden werden mit Mobbing verschwinden
Statt Mobbing ist Toleranz und Weinen besser
Gott wird jemanden schicken, um deine Tränen abzuwischen.

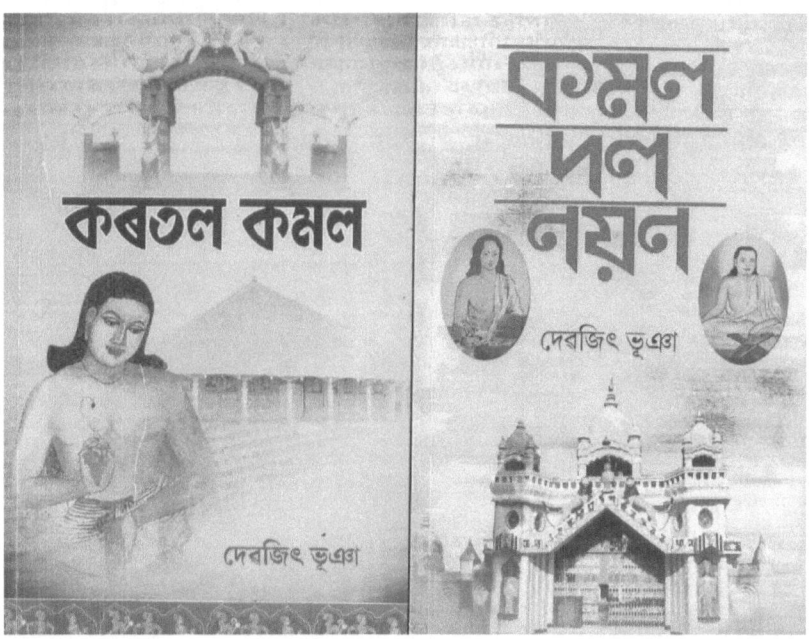

Priester

Heute sind selbst Priester nicht mehr ehrlich und ethisch
Sie folgen nie dem Weg der Wahrheit und Integrität
Priester betrügen Menschen im Namen der Religion
Reformen der Religion und der Eintritt guter Menschen sind die Lösung
Priester spalten Menschen und regen zum Kampf an
Du vertraust ihnen als Retter und Pate
Die Zwischenhändler zerstören die wahren religiösen Lehren
Weil es ihnen hilft, ihre Einnahmen zu steigern
Priester tarnen Religion und machen sie schmutzig
Mit Wein, Reichtum und Frau feiern sie Party
Die Lehren Jesu sind immer noch gültig und einfach
In den Religionen schaffen Zwischenhändler nur Ärger.

Lass die Sonne aufgehen

Jedes Mal, wenn Menschen in Tausenden vorwärts marschieren
Der Klang des Marschierens klingt wie ein Reim
Führer gründeten aus eigenem Interesse eine neue politische Partei
Die Macht wird durch Stimmzettel mit falschen Versprechungen erobert
Aber die Probleme der Massen blieben die gleichen
Massenagitation und Mobilisierung ist immer politisches Spiel
Führungskräfte wissen gut, dass sie Herrscher sein werden, wenn sie Ruhm erlangen
Führungskräfte kommen und Führungskräfte gehen und Menschen stehen hinter ihnen
Leistungsverschiebungen von einer Gruppe zur anderen im Zyklus
Doch die armen Leute blieben arm, immer mit Schwierigkeiten.

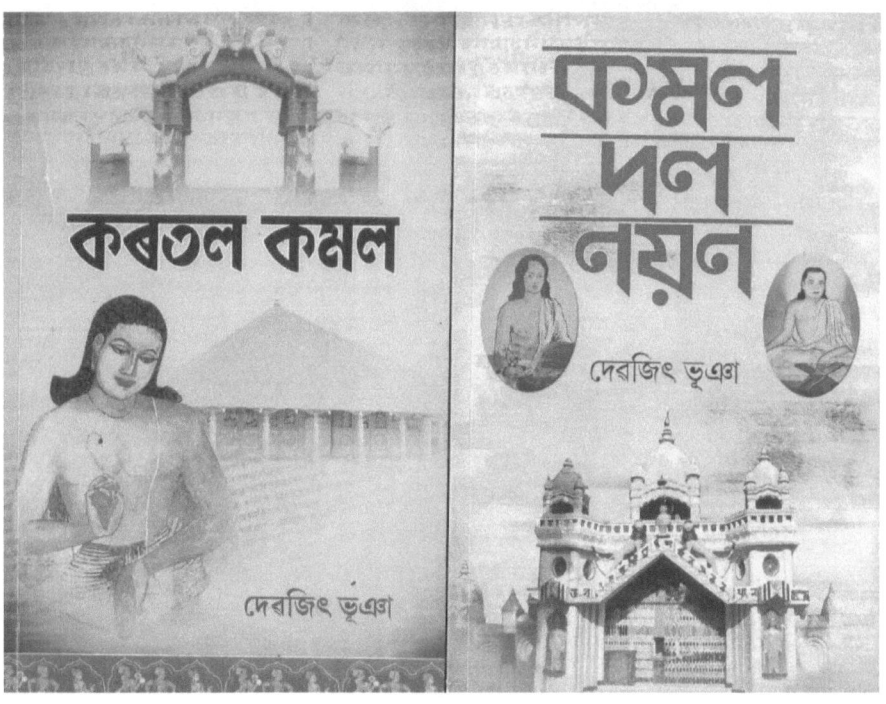

Bharata, beeil dich

Beeilen Sie sich, beeilen Sie sich
Nicht auf der Straße ausrutschen
Fallen Sie nicht unter den Baum
Viele Bienen fliegen dorthin
Die großen Bäume sind ein Nest für Bäume
In Städten werden Sie sie nicht finden
Die Leute fällten alle Bäume, um Häuser zu bauen
Städte sind ein Dschungel aus Beton, Umweltverschmutzung und Autos
Vor Verschmutzung bleiben die Bienen immer fern
Zivilisation hat keine Alternative als Städte
Also, um sich dort niederzulassen, haben es alle eilig.

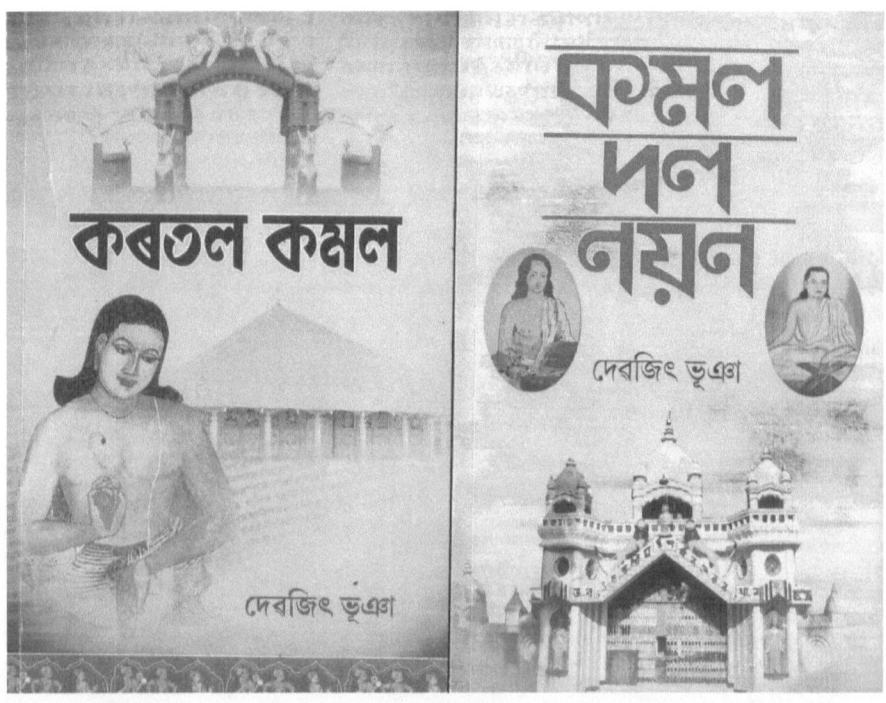

Alles lieben

Liebe alle, liebe alle, liebe alle
Hasse niemanden in der Geldgier
In dieser Welt ist Liebe tatsächlich Honig
Wenn du Liebe bekommst, ist das Leben erfolgreich
Die Welt wird wie der Himmel sein
Geld und Reichtum können mit der Zeit verfallen
Buth bis zum Tod, bedingungslose Liebe wird fließen
Wie Wassertropfen auf einem Blatt leuchten Sie
Im Moment der Abreise wird das Geld nicht weinen
Jemand, der dich mit Tränen geliebt hat, wird sich verabschieden.

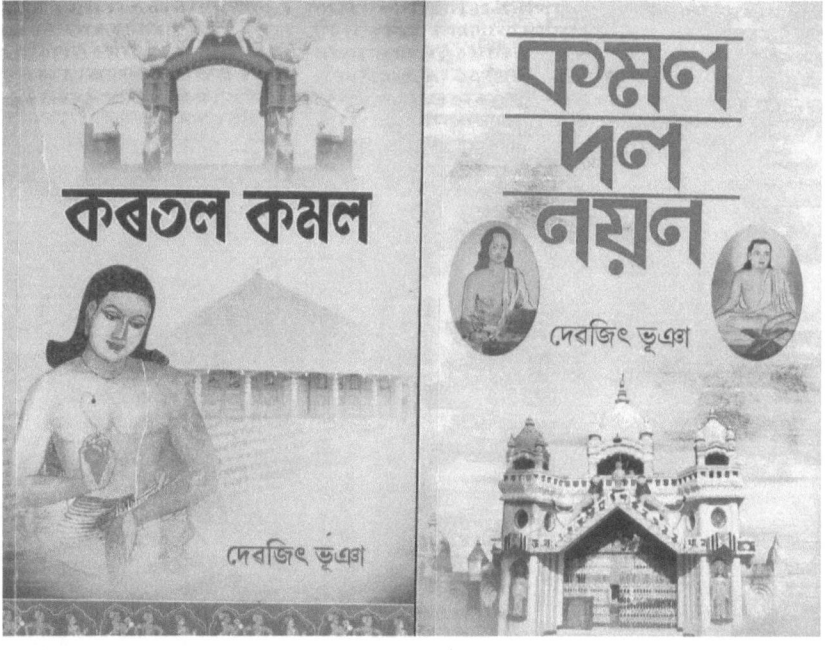

Tom, du fängst an zu arbeiten

Tom, du fängst an zu arbeiten und kümmerst dich um dein Geschäft
Niemand wird dir für immer eine kostenlose Mahlzeit geben
Säge und Hummer in die Hand nehmen
Es gibt keinen Mangel an Möglichkeiten in dieser Welt
Menschen aus anderen Bundesstaaten verdienen in Assam viel Geld
Aber du sagst, keine Chance in meinem Land
Talke Computer, Stift und Bücher in der Hand oder einfach Bäume pflanzen
Eines Tages werden diese Bäume dir Früchte bringen, das Leben wird spannungsfrei sein.

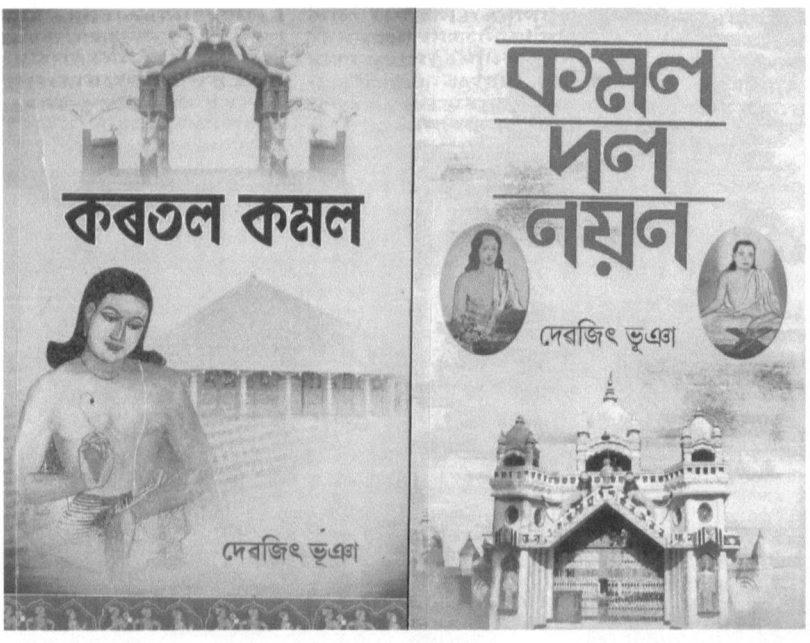

Zum Zeitpunkt des Todes

Zum Zeitpunkt Ihrer endgültigen Abreise
Geld wird nicht dein Begleiter sein
Ihr schönes Haus wird Sie nicht begleiten
Die geliebten Güter, die Sie gesammelt haben, bleiben verstreut
Nichts aus diesem Leben wird nach dem Tod auf der anderen Seite sein
Der tote Körper aus Fleisch und Knochen wird unter dem Grab liegen
Wenn Sie noch nie jemandem während seiner schlechten Tage geholfen haben, wenn Sie noch am Leben sind
Auf deinem Grab wird niemand nach deinem Tod eine Blume anbieten
Seien Sie am Leben, seien Sie wohlwollend, großzügig und helfen Sie anderen
Liebe Menschen während ihres Schmerzes und ihrer Bedrängnis
Auch nach dem Tod werden Ihre Erinnerungen voranschreiten.

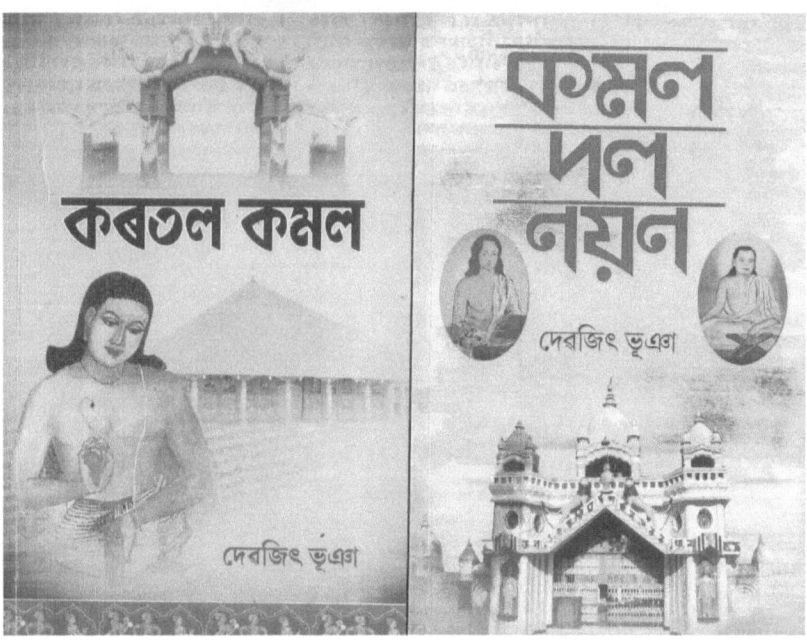

Der Haussperling

Liebe den kleinen Vogel, der in der Nähe deines Hauses lebt
Begleiter des Menschen seit langem
Teil der Fortschrittsgeschichte des Homo sapiens
Niemals den Menschen während einer zehntausend Jahre langen Reise im Stich gelassen
Doch jetzt sind sie in Städten und Dörfern in Gefahr
Beton-Dschungel zerstörte ihren Lebensraum
Lieben Sie diesen kleinen Vogel und helfen Sie ihm vom Aussterben
Andernfalls verliert die Menschheit einen ihrer fliegenden Gefährten.

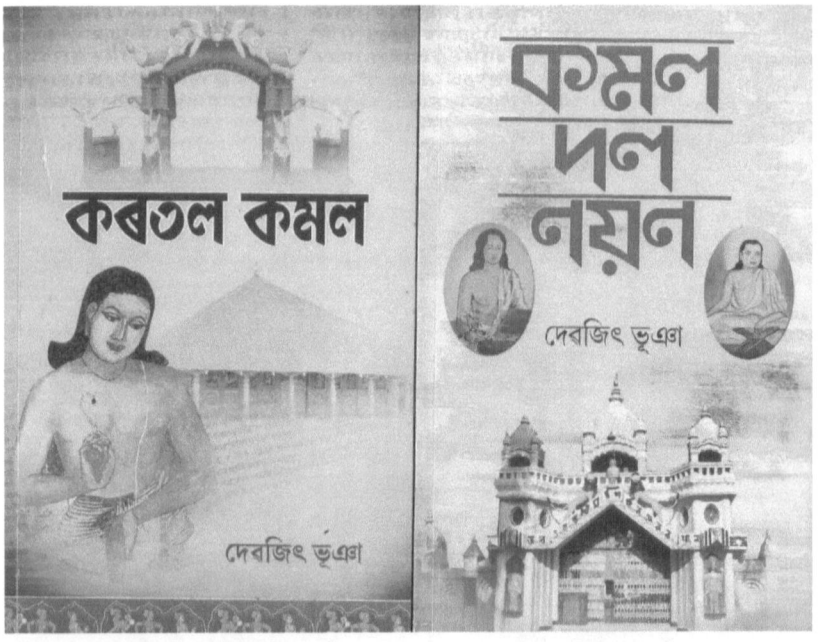

Geldglitzer

Millionen Menschen hungern
Aber die Verschwendung von Lebensmitteln geht weiter
Die Reichen verschwenden mehr mit Geldmacht
Für ihren Luxus und ihr Hobby stoßen sie mehr Kohlenstoff aus
Wie werden die hungernden Armen zu einer CO2-freien Lösung beitragen?
Eine große, entwickelte Stadt emittiert mehr Kohlenstoff als eine arme Nation
Eine gerechte Berücksichtigung der CO2-Emissionen ist die einzige Lösung
Bald werden der Klimawandel und die globale Erwärmung
Selbst die Reichsten der Reichen werden Opfer sein und fallen.

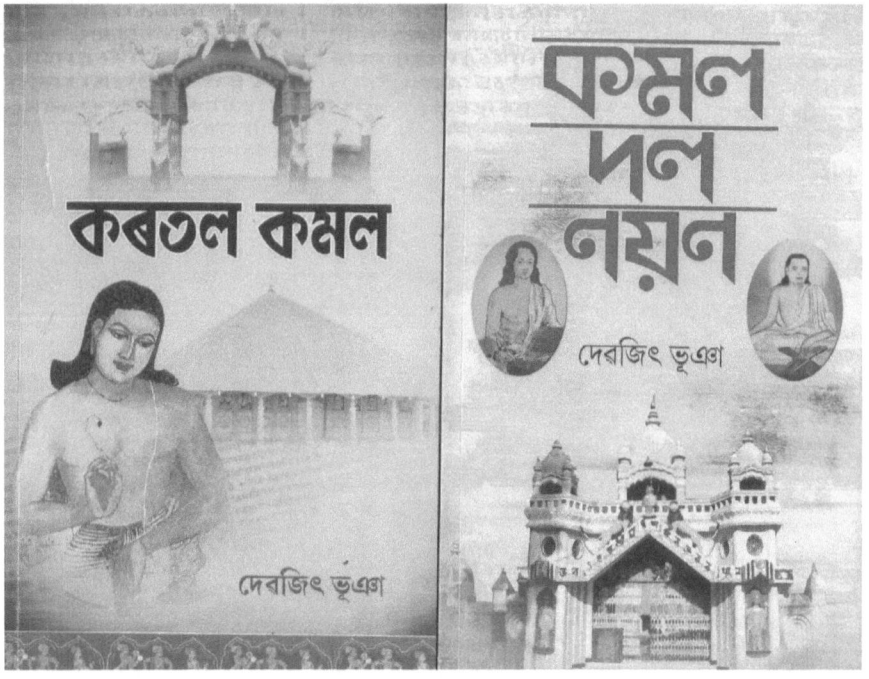

Bereiten Sie sich auf die Arbeit vor

Auch wenn Sie aufrichtig zu Gott beten
Weder Gott noch irgendjemand wird kommen, um deine Arbeit zu erledigen
Gib auf, du missverstehst, dass Gebet allein ausreicht
Seien Sie bereit, Ihre Arbeit selbst zu erledigen und effizient zu werden
Wenn nötig, bauen Sie Ihre eigene Straße und Brücke, warten Sie nicht auf jemanden
Schwimme über den Fluss und den Ozean und warte nicht darauf, dass Gott ein Boot schickt
Sobald du anfängst, werden sich die Leute anschließen und helfende Hände werden folgen
Das Team wird sich weiterentwickeln und Sie werden die Führungskraft sein
Aber ohne Arbeit wird dir niemand weder eine Mütze noch eine Feder geben.

Erfolgreiches Leben

Das Leben wird nicht nur durch Geldkraft erfolgreich sein
Das Leben wird nicht nur durch das Gebet erfolgreich sein
Selbst harte Arbeit allein kann nicht zum Erfolg führen
Das Leben wird nicht nur durch Beziehungen erfolgreich sein
Auch das Leben wird durch deine Schriften nicht erfolgreich sein
Das Leben wird nicht erfolgreich sein, wenn man mehr Nachkommen hat
Das Leben wird durch Beharrlichkeit auf dem Weg der Liebe erfolgreich sein
Und die großzügige Arbeit für die Menschheit und die Menschheit.

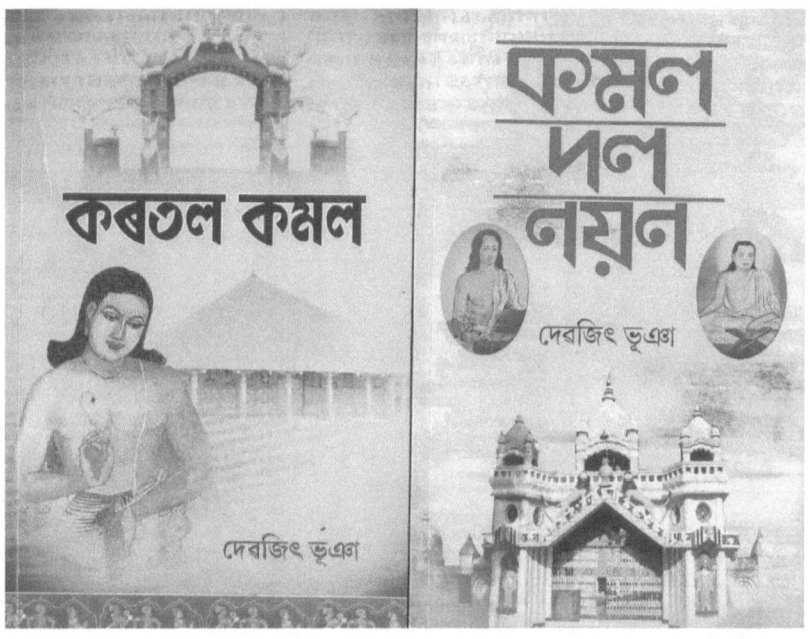

Golden Assam

Assam ist wie glitzerndes helles Gold
Die Schönheit der Natur entfaltet sich jeden Tag
Doch Assam ist rückständig und unterentwickelt
Im Sommer taucht Assam unter Wasser
Seit Hunderten von Jahren wird darüber diskutiert
Aber das Problem des Hochwassers ist noch nicht gelöst
Die korrupten Leute haben die öffentlichen Gelder abgeschöpft
Immer noch lästige gewöhnliche Männerreise
O' the young generation be united and move forward
Bestrafe die korrupten Politiker und gib Assam eine Belohnung.

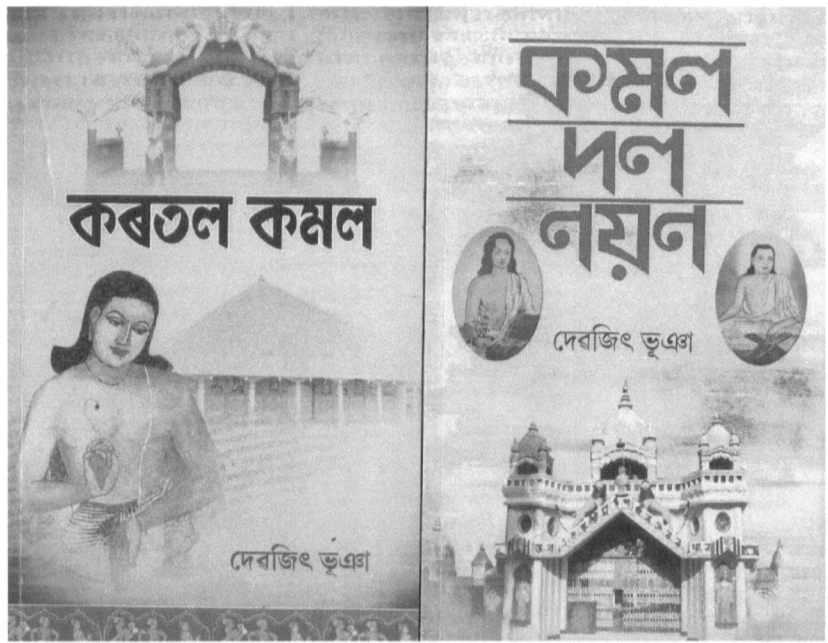

Kerze

Kerze gibt helles Licht auf das Grab
Es gibt Erinnerungen an die Toten beim Brennen
Die Menschen erinnerten sich einmal im Jahr an die Kranken
Bete zum Allmächtigen mit dem Licht der Kerze
Das Grab ist nicht nur ein Ort, an dem Leichen entsorgt werden
Es ist das endgültige Ziel jedes Freundes, Feindes oder Feindes
Das Kerzenlicht sollte jeden zu Lebzeiten erleuchten
Wenn Sie eine Kerze anzünden, denken Sie immer an das endgültige Ziel.

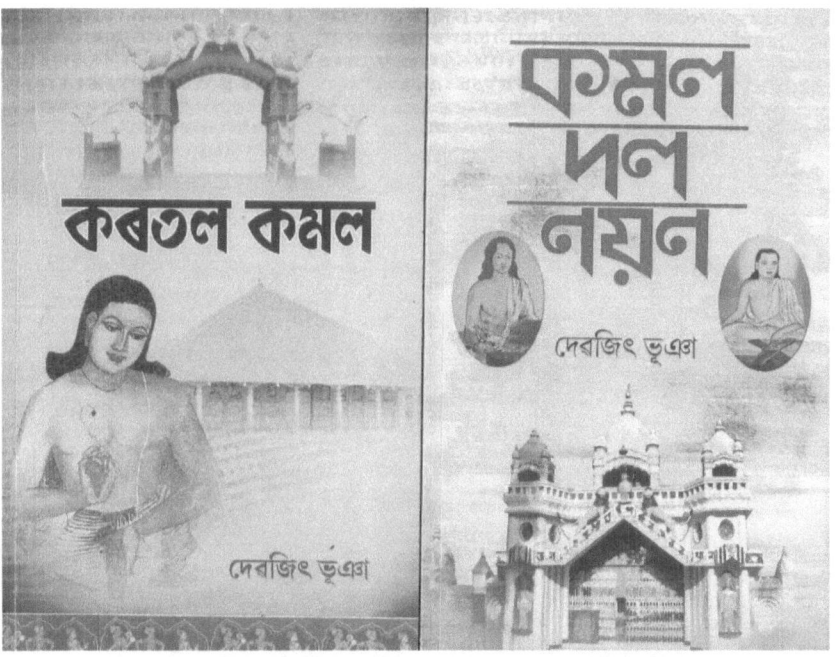

Awadh-Königreich

Einst ein ruhmreiches Königreich in Indien
Der Herr aller Könige Rama etablierte Rechtsstaatlichkeit
Kein Verbrechen, keine Angst, keine Unterdrückung abweichender Stimmen
Sogar Sita und Lakshmana wurden verbannt
Das Leben in Awadh war schlicht und einfach
Aber das blühende Königreich konnte dem Wandel nicht standhalten
Jetzt sind nur noch die Geschichte und verfallene Denkmäler übrig
Mit dem neuen Rama-Tempel wird sein verlorener Ruhm wiederbelebt.

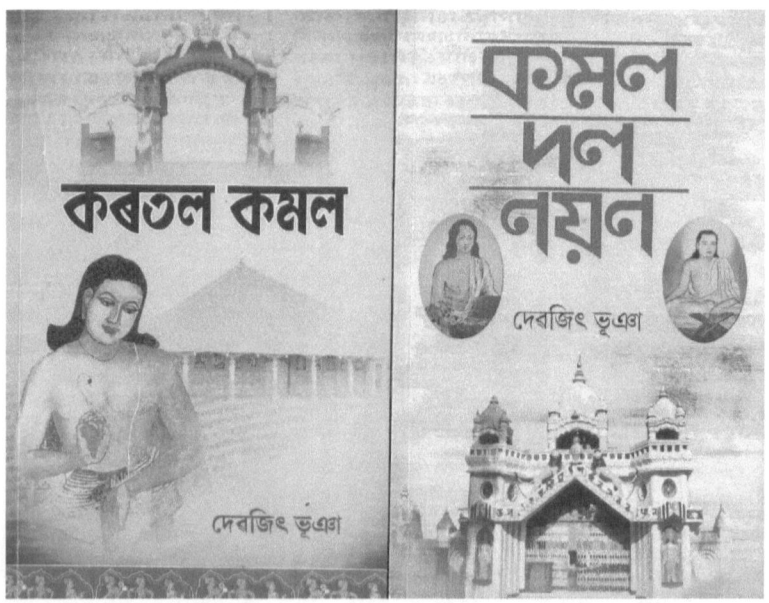

Samt

Der Hauch von Samt ist so sanft und so weich
Als ob eine weiche Integration von Baumwolle aus der Natur
Sieht wunderschön und atemberaubend aus mit verschiedenen Farben
Samtkleidung, die einst als Königin der Kleidung galt
Der Ruhm des Samtes, obwohl verblasst, existiert immer noch
Anziehungskraft von Samt auch jetzt noch, die Menschen können nicht widerstehen.

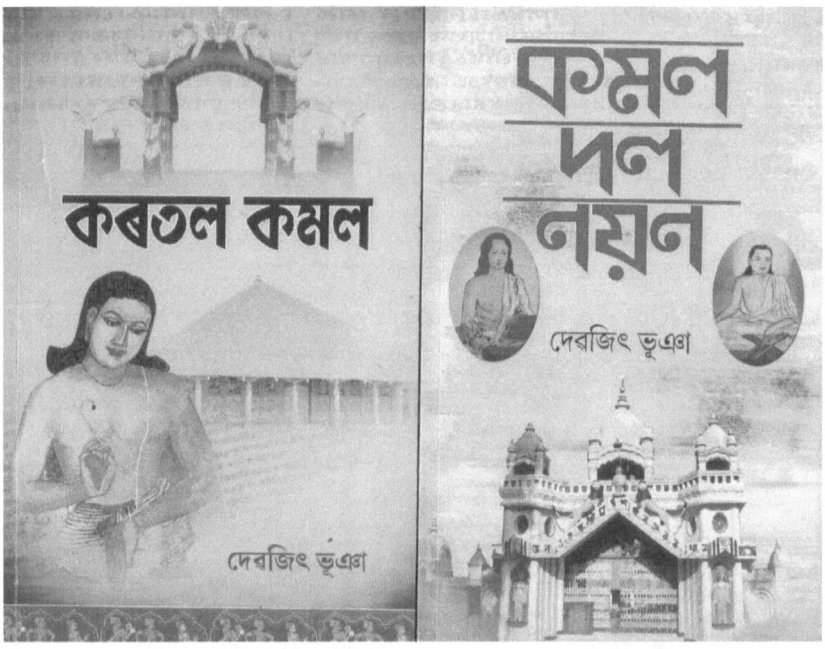

Der Mond

Der Mond erscheint und verschwindet häufig auf seiner Umlaufbahn
Wenn der Mond im Morgengrauen verschwindet, fangen die Vögel an zu singen
Menschen praktizieren religiöses Fasten mit Blick auf die Mondrevolution
Einst als Gott betrachtet, landete der Mensch seine Oberfläche lange zurück
Jetzt sind die Menschen im Rennen, den Mond durch Technologie zu kolonisieren
Der Mond hatte den Planeten Erde seit seiner Geburt als Satellit beeinflusst
Die Flut, Ebbe ist die Wirkung der Gravitation des Mondes
Bald wird die menschliche Kolonie auf dem Mond sein und ein Konflikt der Nationen
Der Mythos, dass es Leben auf dem Mond gab, passiert anders
Aber die Zerstörung der natürlichen Art und Weise, wie der Mond jetzt existiert, kann gefährlich sein
Ohne Mond wird das Klima unseres Planeten Erde nicht zum Leben geeignet sein.

Hase

Sei freundlich zu dem unschuldigen Hasen
Sie sind nicht stark genug
Alle Tiere wollen sie töten
Aber mit weißem Fell sind sie die Schönheit des Dschungels
Spazieren Sie hier und da mit Spaß und Freude
Niemals jemandem aus irgendeinem Grund schaden
Aber ihr schmackhaftes Fleisch bringt den Feinden
Menschen töten sie auch aus Spaß und Pelz
Manchmal sind sie gezwungen, im Gefängnis zu leben
Sie mögen es nicht, wenn der Mensch die Vernunft auferlegt
Der Mensch hat seinen natürlichen Lebensraum zerstört
Jetzt wird es ein kleines Kompliment sein, sie zu retten.

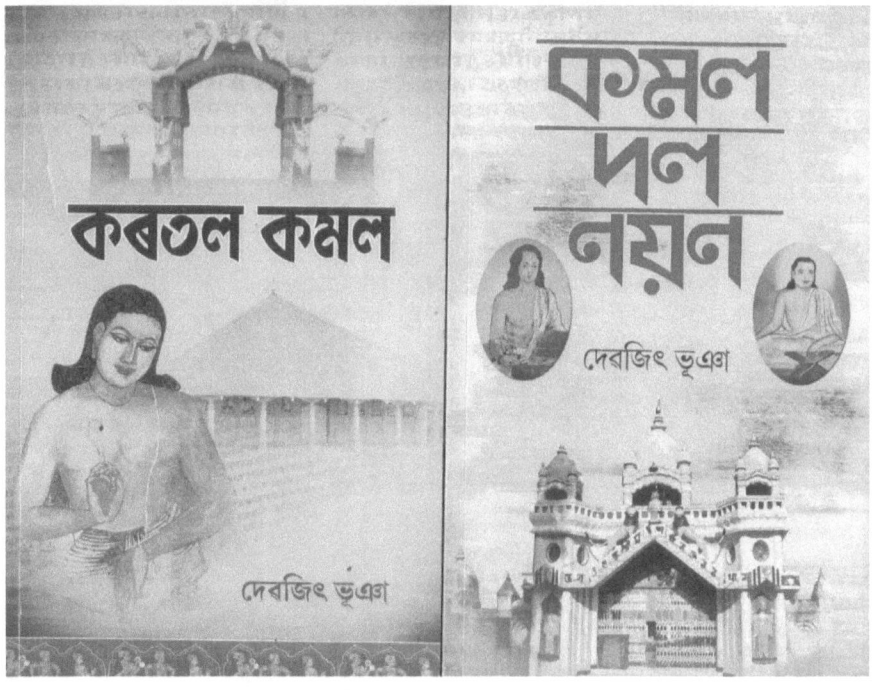

Streit

O' kleines Kind, streiten Sie sich nicht, es wird Ihr Spiel verderben
Wut wird ausbrechen und wochenlang nicht mehr spielen
Wut ist sehr schlecht in der Art des fröhlichen Spielens
Käfig deine Wut und deinen Streit in einer Flasche
Im Land Sankardeva hat Streit keinen Platz
Liebt einander und spielt fröhlich mit Freunden
Wenn du älter wirst, werden diese Tage helfen, Streit zu beenden
Die Gesellschaft wird rational und gewaltfrei sein.

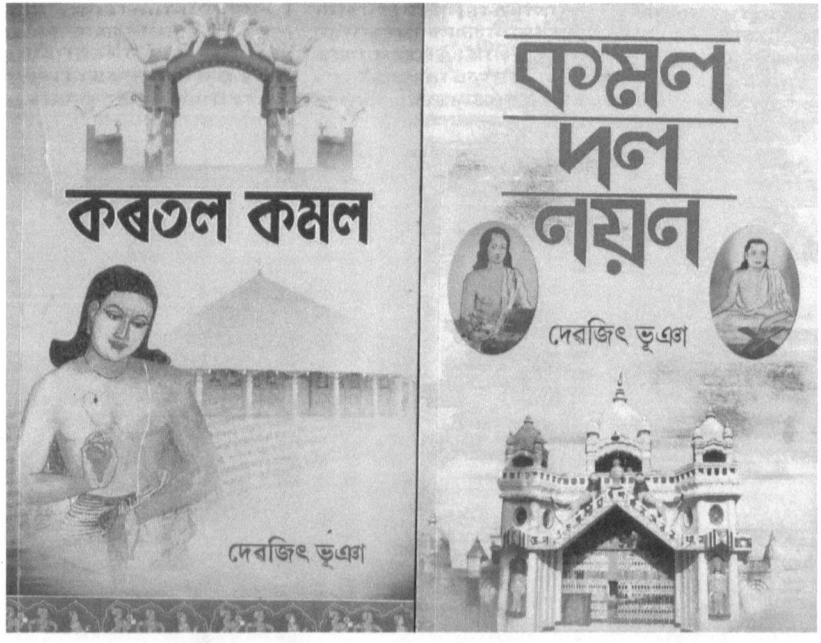

Nashorn, Kampf ums Überleben

Nashorn, keine Angst vor Wilderern
Erkenne, wie stark du mit dem Horn bist
Kämpfe mit Menschen ums Überleben
Rehe, Elefanten als Begleiter mitnehmen
Auch mit dem König Kobra befreundet
Alle zusammen werden Retter von Kaziranga
Kaziranga ist seit undenklichen Zeiten dein Land
Adler und wilder Büffel werden auch in Ihrem Team sein
Sei nicht wie die Python, die die ganze Zeit alleine schläft
Du bist der Anführer der Tiere in Kazinga, Gegenwehr
Eines Tages wird sich der gesunde Menschenverstand über den Menschen durchsetzen
Du gewinnst das Überlebensrennen mit allen Tieren.

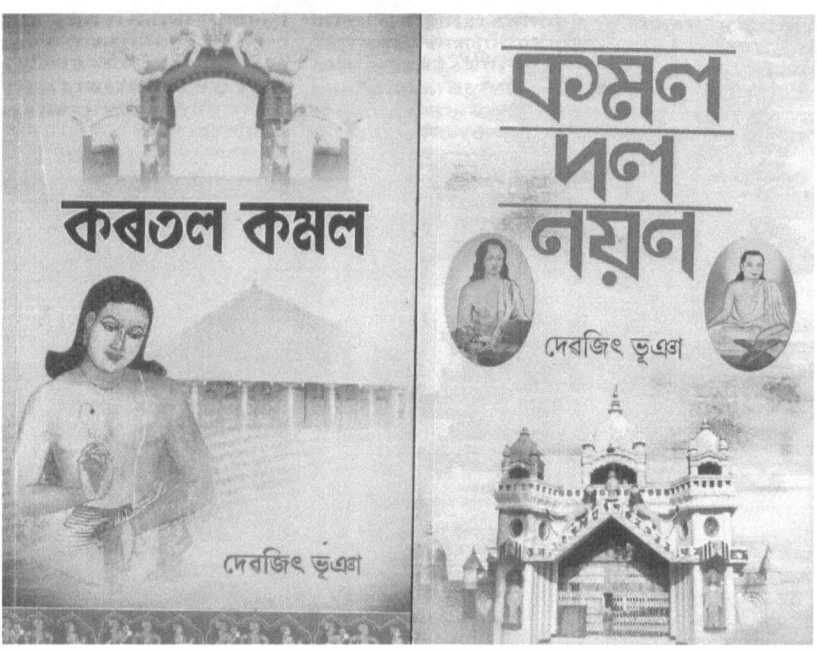

Die Welle des Flusses

Manchmal wird das Kräuseln des Flusses zu einer Welle
Wasser fließt schnell in die Ebenen als Überschwemmung
Zickzack wird zum Lauf des Flusses
Straßen, Häuser ernten alles geht unter Wasser
Schlammschichten und Sand zerstören Häuser
Doch die grünen Gräser wachsen nach der Flut wieder
Als ob das Grasland die Flut zur Verjüngung einlädt.

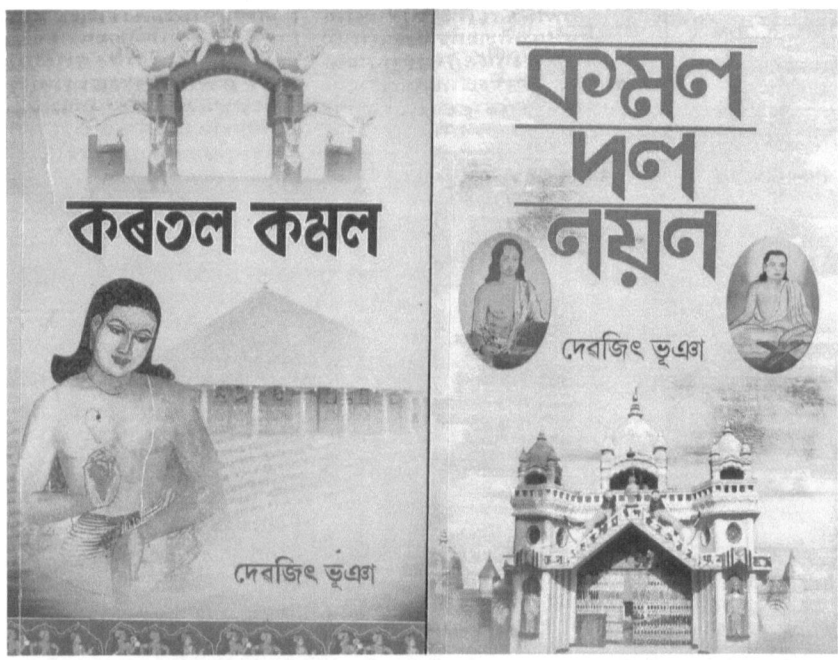

Mücke

Geboren im geschlossenen Gewässer
Klingt nach kleiner Honigbiene
Immer gierig nach menschlichem Blut
Obwohl das Leben für ein paar Tage und kurz ist
Im Sommer brüten sie wie wildes Gras
Bringt Fieber und andere Krankheiten zum Menschen
Die Stadt Assam in Guwahati ist das Mekka für Moskitos.

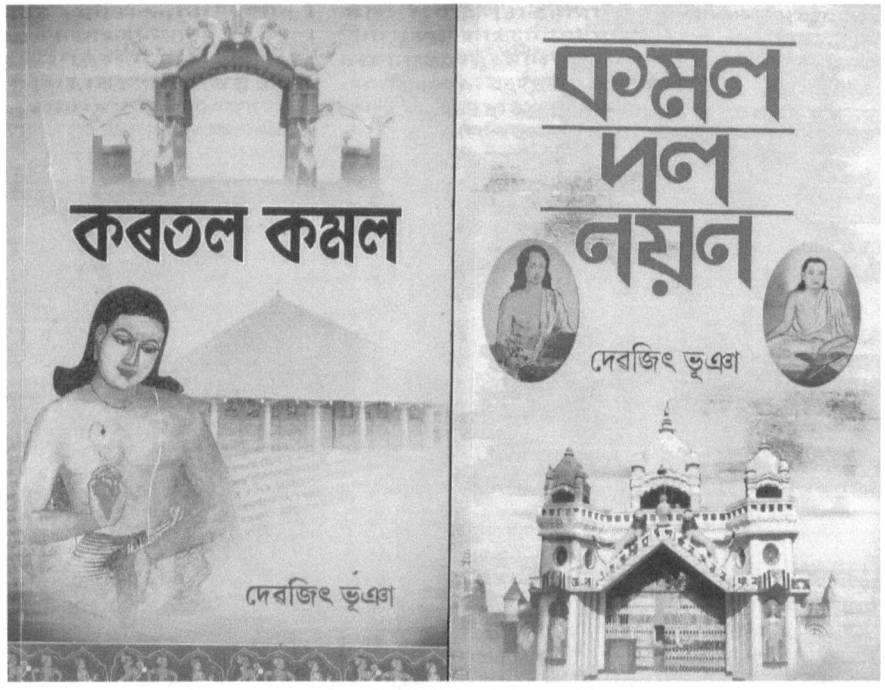

Astrologe

Astrologen sind nicht repräsentativ für Gott
Meistens gehen ihre Vorhersagen schief
Die sogenannten Berechnungen der Astrologen sind Betrug
Sie betrügen Menschen und verdienen Geld zum eigenen Vorteil
Doch gewöhnliche Menschen glauben, dass das gebührende Alter alt ist, um blind zu glauben
Mit mehr Geld sprechen sie süße Worte und bessere Vorhersagen
Aber ohne Geld werden sie zu viele Einschränkungen auferlegen.

Alter von sechzig Jahren

Mit sechzig kann man nicht laufen wie mit zwanzig
Der Körper wird schwach, brüchig und die Knochen werden brüchig
Riss oder Beschädigung des Knochens heilen nie schnell
Obwohl dein Verstand so jung wie ein Jugendlicher oder Teenager sein kann
Aber nach einiger Arbeit wird Ihr Körper sich ausruhen wollen
Akzeptiere, dass du nicht so schnell rennen kannst wie an College-Tagen
Selbst für zusätzliche Prämien zögern Versicherungsgesellschaften,
Kümmern Sie sich um Ihre Gesundheit und Ihr Herz im Alter von über sechzig Jahren
Ohne Bewegung und zu schnelles Gehen werden Sie rosten.

Nicht verfallende Mutter

Menschen werden kommen und Menschen werden gehen
Der Geist wird sich jeden Moment ändern
Manchmal loben die Leute
Manchmal werden sich die Leute weigern,
Manchmal werden die Leute gleichgültig sein
Aber wie die Hügel und Berge
Mutter wird immer bei dir sein
Ihre Liebe zu Kindern ist unbestreitbar
Deshalb schreitet die Evolution voran
Und unsere menschliche Zivilisation geht weiter und weiter.

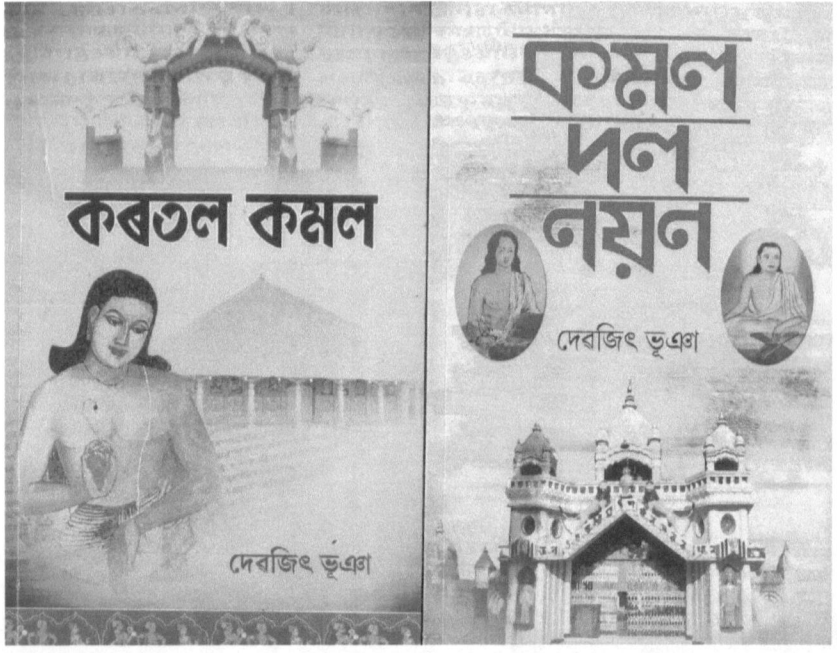

Geliebter Assam

Assam ist unser geliebter Ort
Wir erinnern uns immer, auch im Ausland
Jeden Tag denken wir an die Rückkehr
Die Früchte hier sind vielfältig und saftig
Mäßiges Klima ist zu gut, um es zu spüren
Paddy-Sorten mit einzigartiger Biodiversität
Das einhörnige Nashorn und Tier steigert den Wohlstand
Die Leute sind einfach und nicht gierig nach Reichtum
Heimat Assam ist unsere wahre Stärke.

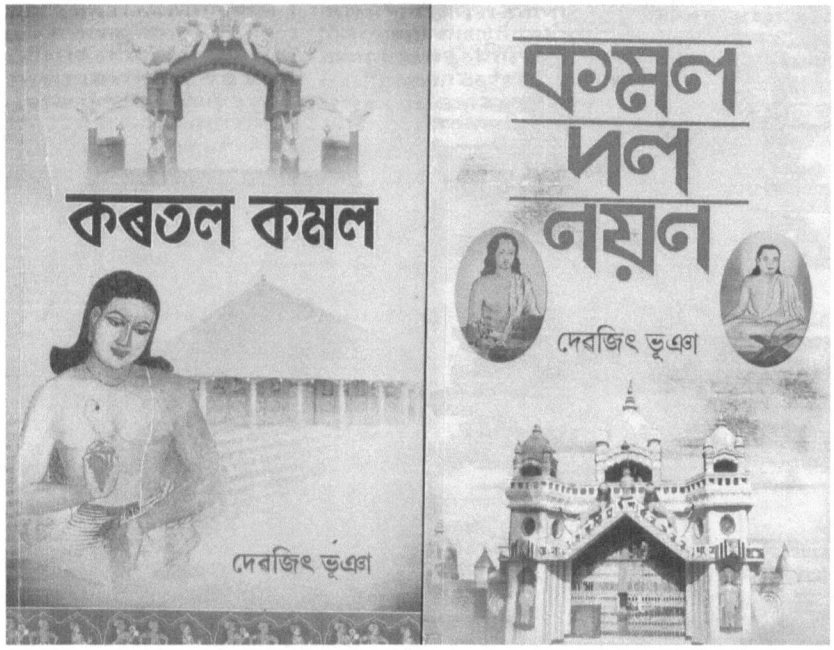

Liebesbalsam

Balsam kann Juckreiz vom Flügelwurm heilen
Wir nehmen Balsam, um verschiedene Leiden loszuwerden
Aber bei seelischen Schmerzen ist die Liebe der einzige Balsam
Heile jemandes seelischen Schmerz mit Liebe und Sorgfalt
Es wird Ihrem eigenen Geist Freude bereiten
Aberglaube kann körperliche und geistige Krankheiten nicht heilen
Nashornhörner oder Tigerzähne haben keine magische Heilkraft
 Sie sind unschuldige Kreaturen mit Schönheit
Das Töten von Nashörnern zur Heilung ist nur Wahnsinn
Liebe jede Schöpfung Gottes mit Freundlichkeit.

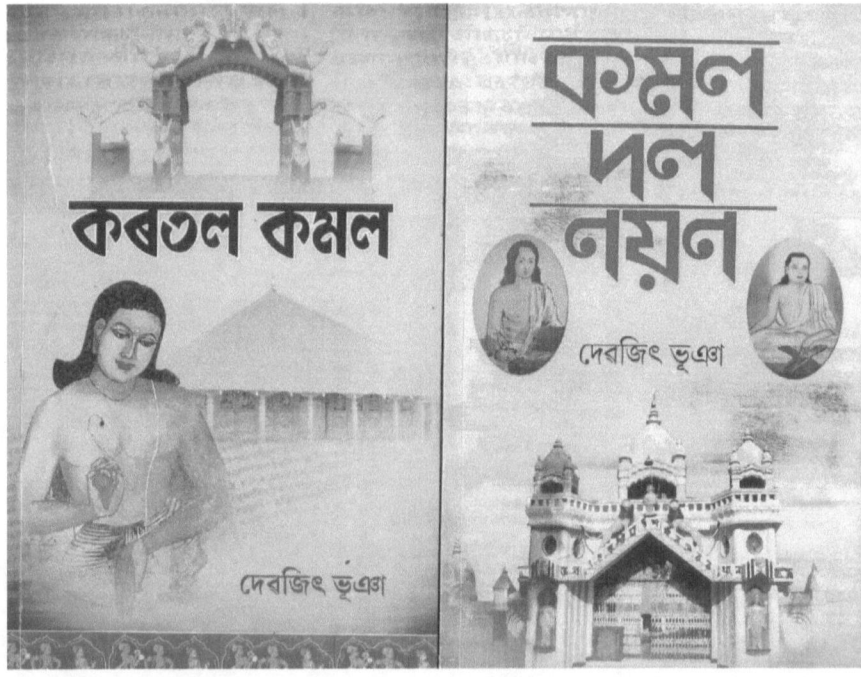

Angaben zu Haus und Familie

Der Geist einer großen Anzahl von Menschen bleibt traurig und deprimiert
Jetzt ist eine tagelange Situation an der Heimatfront nicht gut und einfach
Beziehungen sind zu kompliziert, um ein süßes Zuhause zu schaffen
Wenn unser eigenes Zuhause nicht in guter Verfassung und in Harmonie ist
Wie können wir über Harmonie in Stadt und Land denken?
Jeder muss für eine förderliche häusliche Umgebung arbeiten
Wirf Ego und falschen Überlegenheitskomplex nach Hause
Zu Hause zu wechseln, zu lieben, zu leidenschaftlich zu sein und die Einstellung loszulassen, ist der Weg
Sobald die Heimatfront auf dem richtigen Weg ist, wird auch die Nation schwanken.

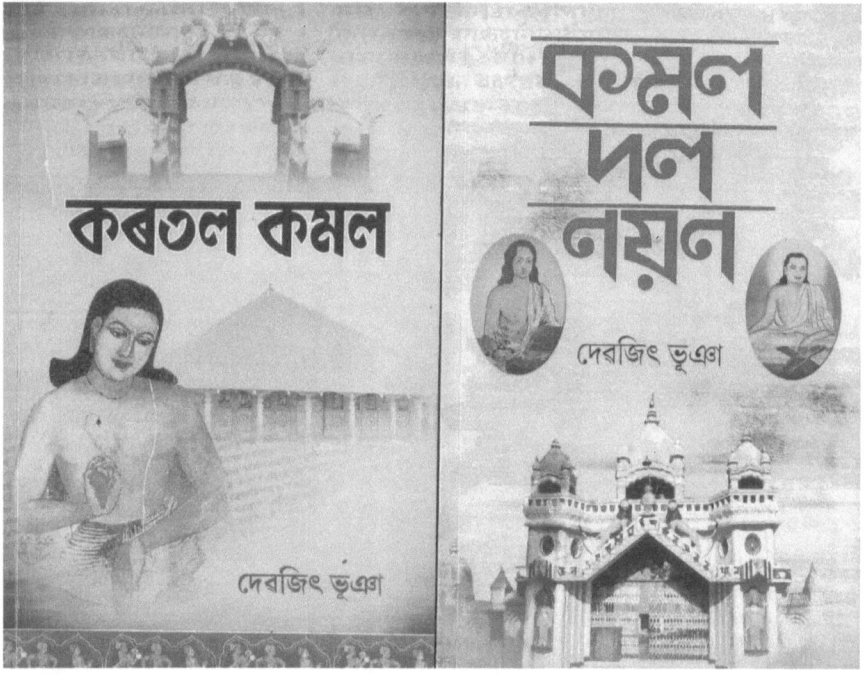

Geld kommt durch harte Arbeit

Geld wächst nie auf dem Feld oder den Bäumen
Aber der Anbau kann Geld generieren
Das als Darlehen aufgenomene Geld muss zurückgegeben werden
Das ist nicht dein hart verdientes Geld
Geld, das durch harte Arbeit verdient wird, ist nur Honig
Verschwenden Sie keine Zeit damit, darüber nachzudenken, wie das Geld kommen wird
Wenn man den richtigen Weg geht, findet man überall Geld
Aber selbst um das Geld zu sammeln, muss man hart arbeiten
Der Weg zum Geld ist immer voller Hindernisse und Dornen
Verschwenden Sie also keine Zeit, Zeit ist Geld und um Geld zu haben, braucht es Zeit.

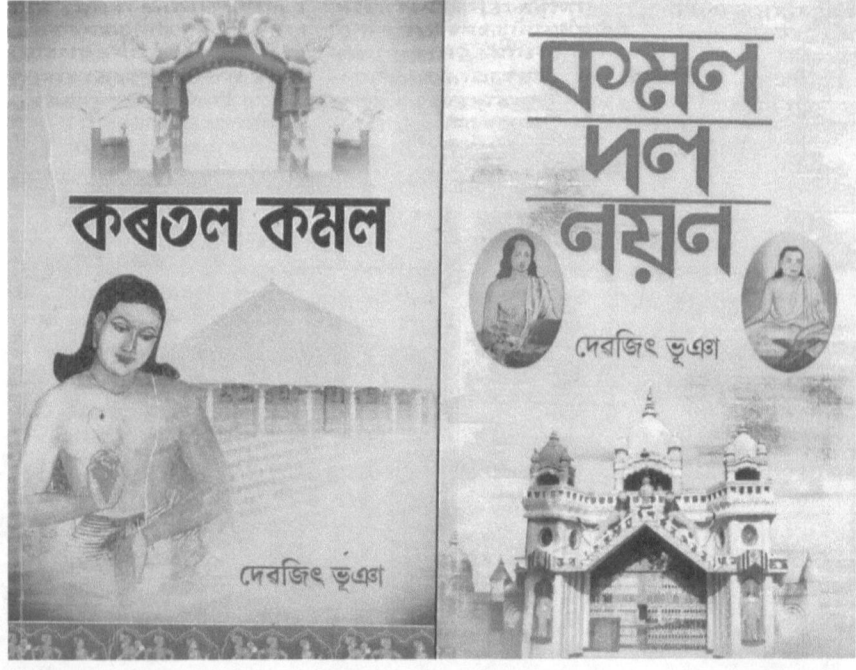

Der Stier

Der Stier begann für Menschen zu pflügen und die Zivilisation veränderte sich
Aber der Stier nimmt nur einen minimalen Anteil an der Kultivierung
Dennoch keine Beschwerden oder Ressentiments aufgrund von weniger Intelligenz als der Mensch
Die Leute haben sogar Stiere während des Festivals geschlachtet, um Fleisch zu essen
Die Stiere sind die Kinder des kleinen und machtlosen Gottes
Was ist falsch daran, wenn wir sie ethisch behandeln?
Im Fortschritt der menschlichen Zivilisation ist ihr Beitrag immens.

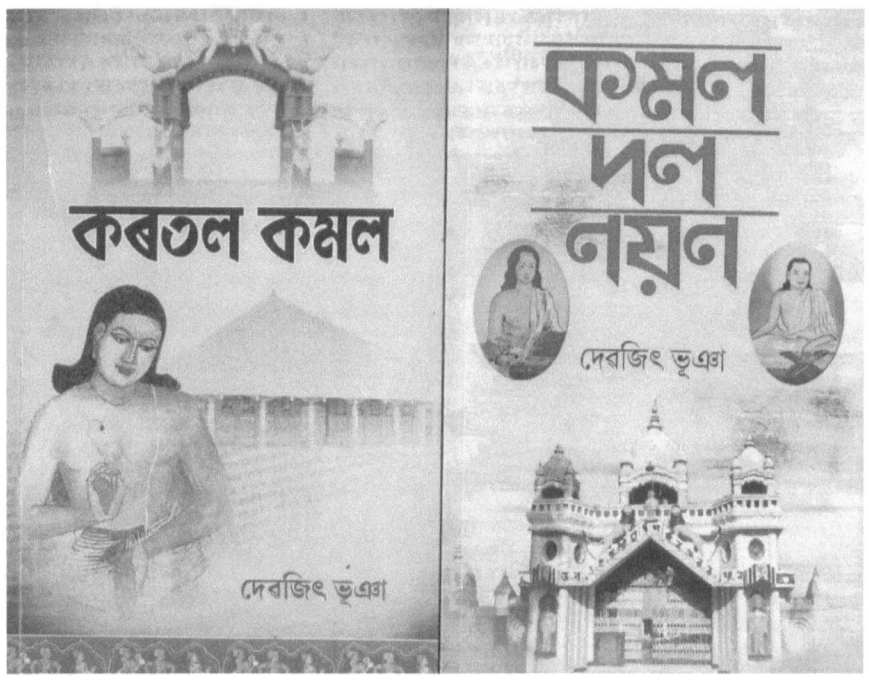

Wut

Wut ist unser größter Feind
Im Zorn töten Menschen nah und nah
Familie, Land werden zerstört
In der Hitze des Augenblicks passieren große Vorfälle
Und die Leiden dauern ein Leben lang an
Kontrolliere deine Wut jeden Tag, jeden Moment
Der Nutzen wird immens und von unschätzbarem Wert sein
Du wirst anfangen, alle zu lieben, und alle werden dich lieben
Tausende von Blumen werden mit einem Regenbogen blühen.

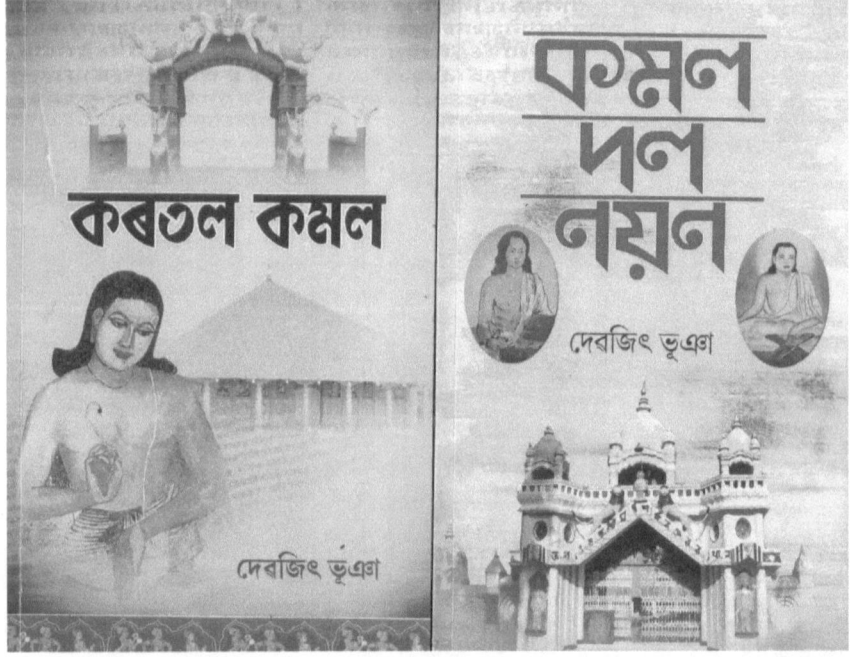

Heissblasen Kaltblasen

Manchmal heiß blasen, wenn die Zeit es erfordert, kalt blasen
Um im Leben erfolgreich zu sein, ist dies eine wichtige Regel
Wenn Sie zu heiß werden, wird Ihr Zweck nicht erfüllt
Wenn dir zu kalt wird, werden die Leute es ausnutzen
Seien Sie höflich, aber sprechen Sie, wenn nötig, hart
In keiner Situation muss man widerspenstig oder rau werden
Wenn Fehler und Fehler auf Ihrer Seite sind, werden Sie niemals wütend
Andernfalls werden die Leute dich in die Enge treiben, als wären sie tigerhungrig
Je nach Situation und Umständen zu reagieren ist gut fürs Leben
Denken Sie daran, die ganze Zeit zu schimpfen, Recht ist nur mit der Frau.

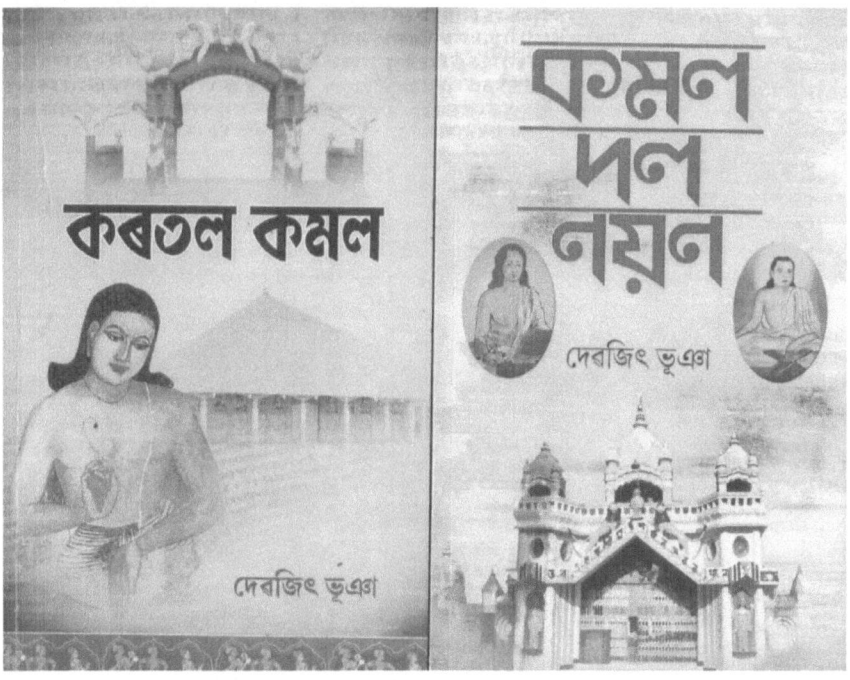

Hoity toity

Werde niemals Kavalier im Ego
Die Leute werden bald Ihre Hoity-Toity-Einstellung kennenlernen
Die Liebe der Menschen zu dir schmilzt wie Eis
Es ist besser, rational zu sein und sich höflich zu verhalten
Hoity-Toity-Einstellung wird dich runterdrücken
Die Leute werden deine hart erworbene Krone entthronen
Stolze Einstellung wird Grab für Ihren guten Willen graben
Deine anmaßende Körpersprache wird dich vom Gipfel des Hügels treiben.

Neujahrsliebe und Zuneigung

Liebe Grüße und beste Wünsche für das neue Jahr
Mit ihm nehmen Sie sieben Farben des Regenbogens
Die Farben der Bäume haben sich verändert
Beim Fest von Bihu kaufen die Leute neue Kleidung
Jeder genießt das Festival in verschiedenen Farben
Sogar die Ochsen und Kühe sind mit neuem Seil
Manche Menschen nehmen Weigerung in Gott für eine bessere Zukunft
Gib Hass, Eifersucht und Ego im neuen Jahr auf
Unter den Peepal-Bäumen ertönt das Geräusch der Trommel (dhool)
Die jungen Tänzer sind fröhlich und fröhlich
Während des Festes von Bihu ist Assam in fröhlicher Stimmung
Auch die Nashörner und Vögel im Dschungel sind fröhlich und tanzen
Die Atmosphäre in Assam ist festlich und fröhlich und fröhlich.

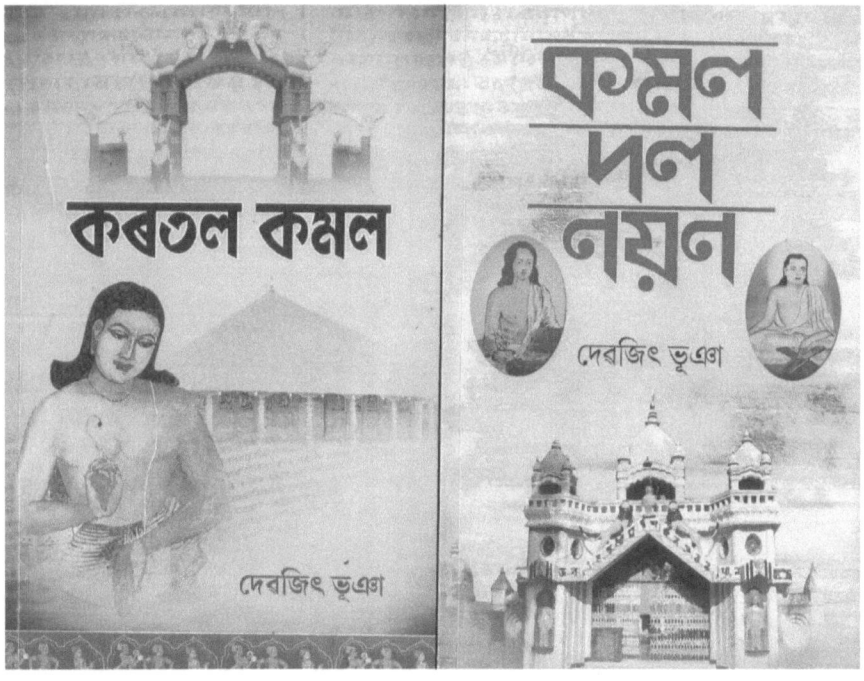

Das Wetter in Assam von März bis April

Das Wetter wird angenehm und schön
Weiße Wolke fliegt am blauen Himmel
Auf den Straßen fahren die Fahrzeuge schnell
Aufgrund der hohen Arbeitsbelastung konnte Pawan nicht nach Hause kommen
Ikons Geist ist düster aufgrund der Abwesenheit von Pawan
Sie blickt auf den blühenden Kreppjasminbaum
Ihr Geist wird fröhlich, wenn sie den Klang der Trommel (dhool) hört
Sie rennt mit ihren Freunden zum Bihu-Feld
Unter einem Schälbaum tanzten alle zusammen
Bihu ist die Lebensader der assamesischen Kultur
März-April ist die Zeit des schönen Wetters.

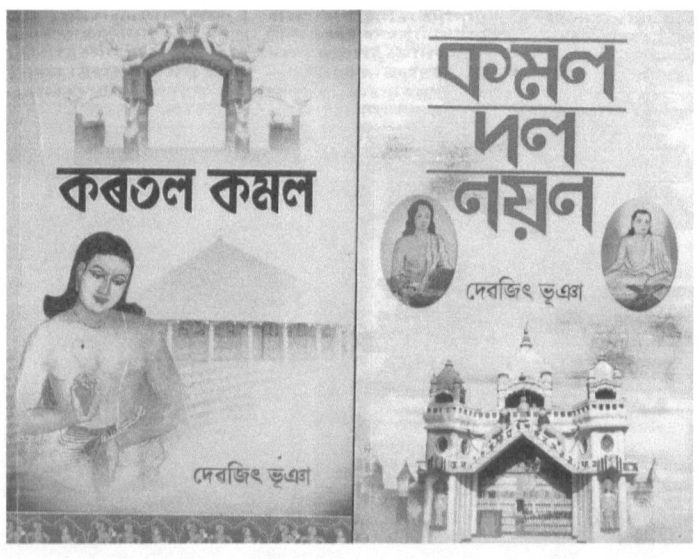

Liebe des Aprils

Nimm meine Liebe April, die Zeit der festlichen Stimmung
Ich kann dir kein teures Kleid oder Ornamente geben
Meine Tasche ist nicht voll mit Geld
Doch mein Herz ist Liebe und Zuneigung
Die Gier nach Geld ist dornig
Aber der Weg der Liebe ist mit unendlichem Duft
Der Monat April ist der Monat, um teure Geschenke für die Reichen zu kaufen
Für mich ist es der Monat, um Brüderlichkeit und Liebe zu verbreiten
Ich kann dir vielleicht keine teure Flasche Wein schenken
Aber mein Herz ist frei, dich zu besuchen, weil du eine Umarmung gegeben hast
Für mich ist kein Geschenk so wichtig oder kostspielig wie dein glückliches Gesicht
Sobald du mich umarmst und vor Freude lächelst, gehört die ganze Welt mir.

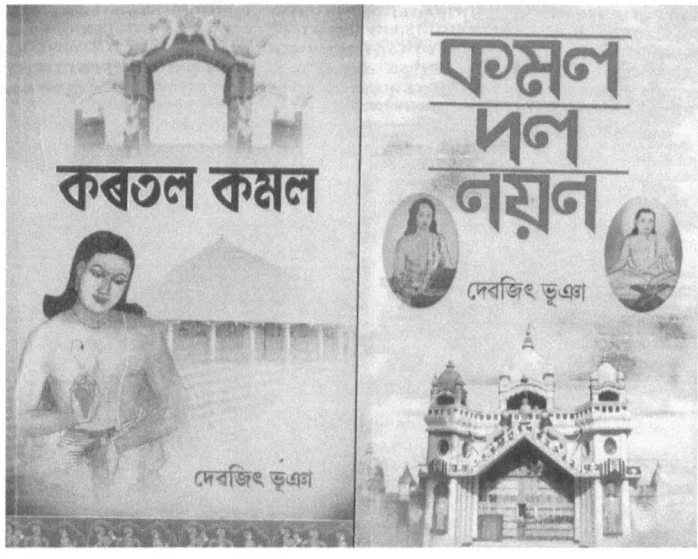

Die fremde Welt

Das ist eine seltsame Welt
Reich sind zu reich, arm sind von der Hand in den Mund
Nichts zum Osten und Haus zum Schlafen
Niemand kümmert sich um das Elend der Armen
Luxuriöse Autos halten in der Nähe des Schönheitssalons
Tausende von Dollar für Pflege und Haarfarbe ausgegeben
Aber kein einziger Cent für den Bettler, der auf der Straße sitzt
Dies ist wirklich eine seltsame Welt des höchsten tierischen Menschen
Jeden Moment sind die Leute damit beschäftigt, absurde Dinge zu tun
In dieser Welt ist es sehr schwierig, seinen Lebensunterhalt durch Ehrlichkeit zu verdienen
Aber Millionen Dollar kommen durch Betrug und Täuschung von Menschen
Für eine bessere Welt ist Integrität und Ehrlichkeit jedoch eine einfache Regel.

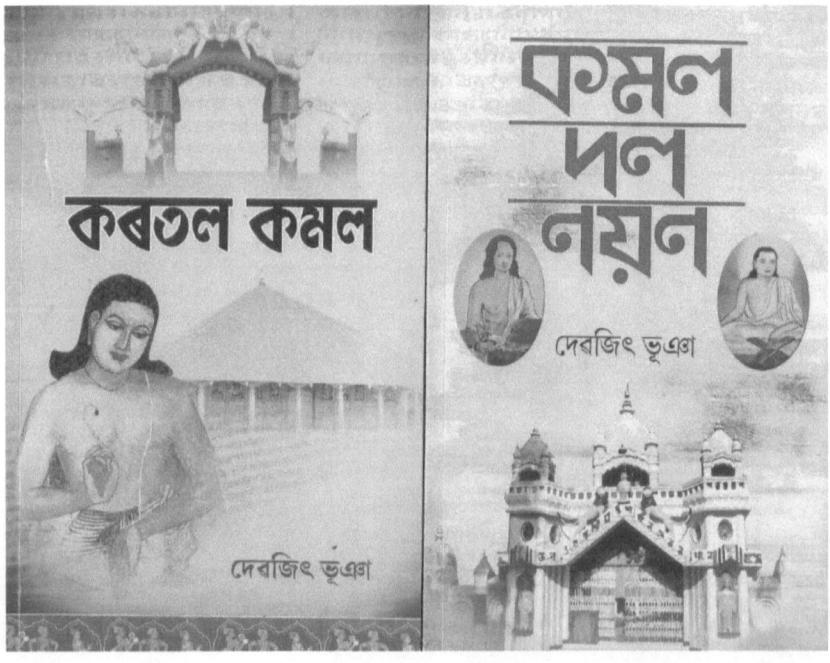

Mutterliebe

Mutter Mutter, geliebte Mutter
Mutter Mutter, liebevolle Mutter
Der Himmel ist auch nicht gleich Mutter
Liebe fließt wie der Fluss
Keine Liebe ist reiner als die Liebe der Mutter
Sie entschuldigt jeden Fehler ihrer Kinder
Kümmere dich um sie, auch wenn sie krank und müde ist
In Not nehmen alle Müll in den Arm
Ihre Berührung und ihr Kuss sind der beste Schmerzbalsam
Niemals eine Mutter vernachlässigen oder ihr psychische Schmerzen bereiten
Sie ist das Bindeglied zwischen Menschlichkeit und Brüderlichkeit
Vergangenheit, Gegenwart und Zukunft fließen durch den Mutterleib
Ohne Mutter werden Zeit und Zivilisation mit einem großen Donner enden.

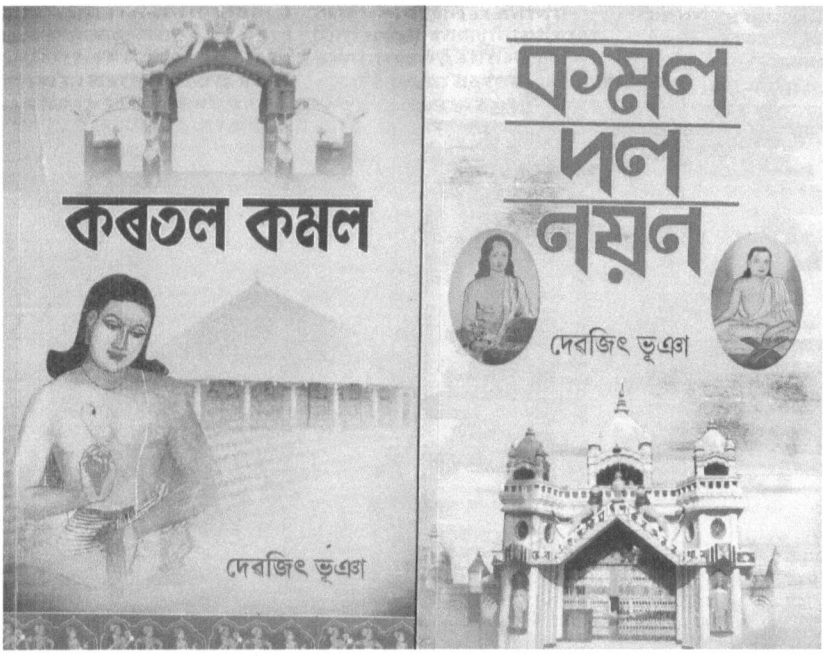

Cloud

Apfel, B-Ball, C-Klima unterrichten
Das Klima verändert sich sehr schnell
Starkregen im Monat März
Der vorzeitige Regen ruinierte das Fest
Selbst in Wüsten sorgte starker Regen für Verwüstung
Aber für den Klimawandel sind die Menschen unempfindlich
Der Wolkenbruch kommt häufig vor
In Hügeln und Plänen bringt es Elend
Wüsten, Hügel und Ebenen Keiner ist immun gegen den Klimawandel
Die Richtung des Monsuns wird unberechenbar
Und fruchtbare Länder leiden unter Zugluft und Schmerzen
Den Klimawandel zu stoppen, sollte jetzt die wichtigste Vision sein.

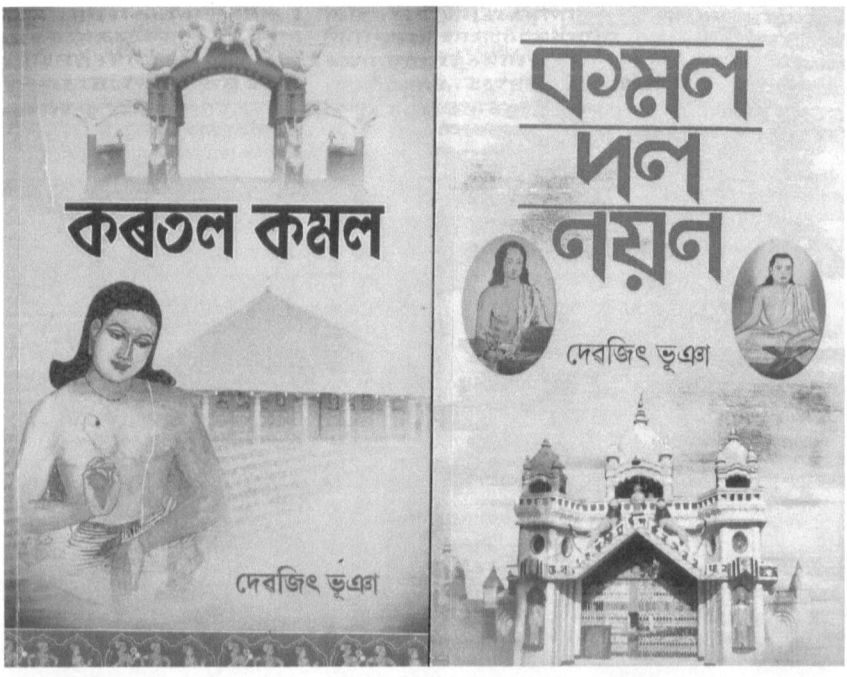

Missbrauch

Die Ressourcen in der Mutter Erde nehmen ab
Aber die Population des Homo sapiens nimmt zu
Wasser nicht missbrauchen, Energie nicht missbrauchen
Nicht Kleidung missbrauchen, nicht Geld missbrauchen
Nicht Stift, Bleistift, Papier und Kunststoffe missbrauchen
Missbrauchen Sie nicht Zucker, Salz und sogar ein einziges Korn
Zeit nicht missbrauchen und den Zug verpassen
Millionen von Menschen schlafen immer noch mit leerem Magen
Die Minimierung von Verschwendung kann ihnen zweimal täglich Mahlzeiten geben
Für Gott kann die Reduzierung des Missbrauchs von Dingen ein wahres Gebet sein.

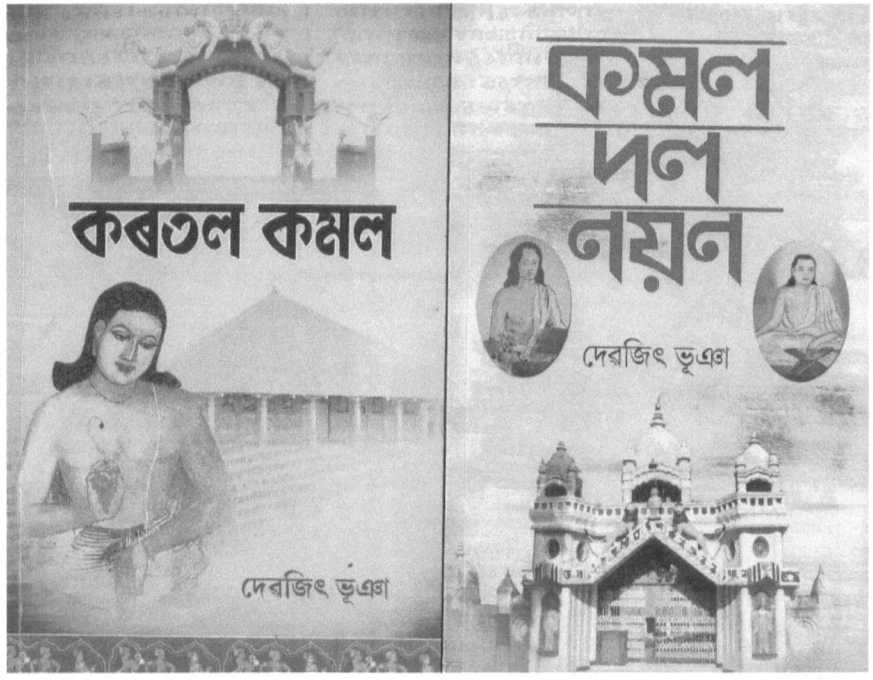

Es war einmal

Es war einmal, Assam war voller Ressourcen
Begrenzte Besiedlung in kleinen Städten und Dörfern
In den Hinterhofgärten gab es reichlich Bäume mit Früchten
Die Küchengärten waren voller grünem Blattgemüse
Teiche sind voller verschiedener einheimischer Fischarten
Plötzlich wanderten Menschen aus nahegelegenen Populusländern ab
Sie begannen, Viehweiden kostenlos zu besetzen
Der Konflikt begann zwischen indigenen Völkern und den Migranten
Der Flammpunkt kam mit dem Nelie-Massaker an Einwanderern
Nelie ist immer noch ein Schrecken in der Geschichte des friedlichen Assam
Die Politik ruinierte die Grundlehre von Sankardeva über Toleranz.

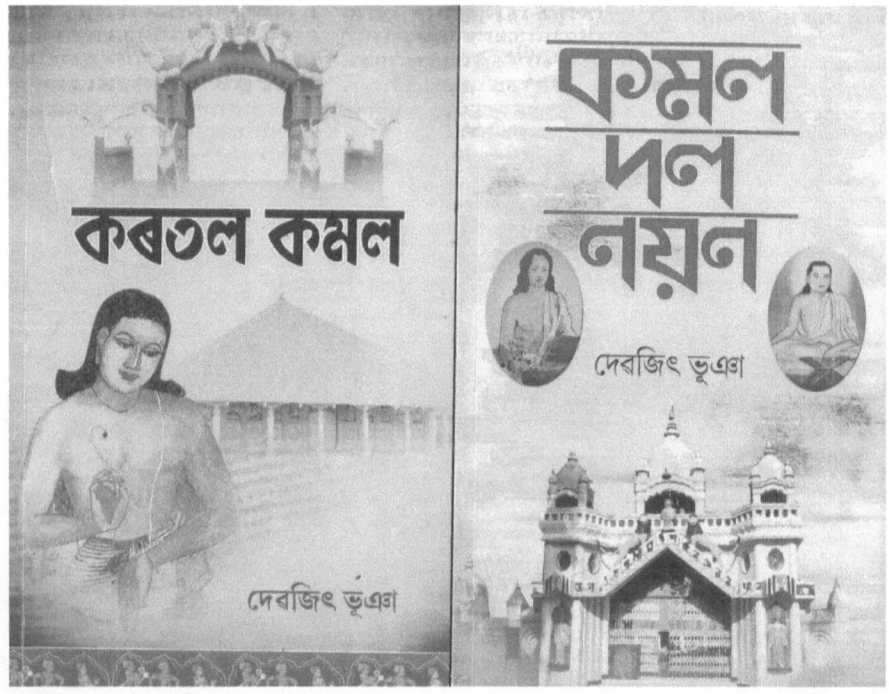

Wertlose Liebe

Liebe ist zur wertlosen Marketingware geworden
Wenn du Geld verteilst, werden dich die Leute lieben und bewundern
Mit Geld wird es eine Fülle von Liebe und lächelnden Gesichtern geben
Aber in die Höhe schießen werden Ihre täglichen Ausgaben und Festivalausgaben
Sobald du aufhörst, großzügig zu sein, wird der Fluss der Liebe trocken werden
Für Kameradschaft und Beziehungen muss man alleine weinen
Niemand wird sich an deine Liebe und Fürsorge erinnern, die du für sie getan hast
Sobald Sie für sie angehalten haben, fahren Sie als goldene Eierlegehenne fort
Es ist besser, alleine um die Welt zu reisen und unbekannte Menschen zu treffen
Sie können das Herz von jemandem gewinnen, ohne einen einzigen Cent auszugeben
Die Liebe dieses unbekannten Freundes bleibt ein Leben lang wie Honig.

Die ununterbrochene Regel des Ahom von sechshundert Jahren

Die Ahom kamen aus Birma, jetzt Myanmar genannt, nach Assam
Und gründete das Ahom-Königreich, indem er kleine Könige besiegte
Sie regierten Assam sechshundert Jahre ohne Unterbrechung
Vereinte alle kleinen ethnischen Gruppen, um ein größeres Assam zu schaffen
Die Region gedeiht mit Landwirtschaft, Handel und Bau von Palästen
Moghuls wusste um den Reichtum Assams und griff Assam siebzehn Mal an
Aber das Ahom-Königreich konnte nicht erobert werden, und legendäre Krieger wurden geboren
Spätere Machtkämpfe zwischen Ahom-Prinzen führten zum Untergang des Königreichs
Die Briten besiegten leicht die burmesische Armee, die Assam für kurze Zeit besetzte
Die Geschichte und der Ruhm des Ahom-Königreichs erloschen für immer.

Ich werde erfolgreich sein

Ich bin kein egoistisches Individuum auf einer isolierten Insel
Ohne Menschen und Gesellschaft habe ich kein Ansehen
Deshalb bin ich immer dynamisch, nie statisch
Mit der Kraft der Menschen bin ich furchtlos
Wir können Berge brechen und neue Flüsse graben
Mit Menschen kann ich wie ein Adler in der Luft fliegen
Ich kann leuchten wie der Vollmond am Himmel
Also, ich bin ehrlich und engagiere mich für meine Leute
Ich führe immer ein Gemeinschaftsleben zusammen, das ist einfach
Teamarbeit und Zusammenarbeit sind mein Weg des Fortschritts
Deshalb bin ich zuversichtlich für den Erfolg von mir und meinem Team.

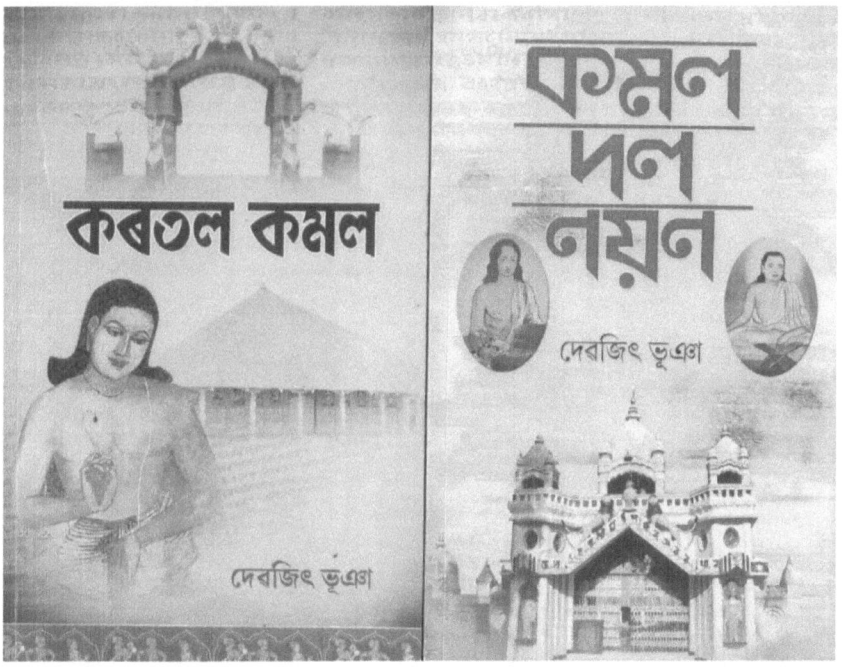

Der Brennblumenbaum

Über dem Kadam-Baum (Brandblume) baut der Adler ein Nest
Darunter spielt der Elefant hart fröhlich und ruht sich aus
Die Elefantenmutter schaut auf den nahegelegenen Bananenbaum
Ihr Kalb wünscht sich, dass kleine Bananenpflanzen frei herumlaufen
Nur wenige kleine Baumwollstücke, die aus dem Simalu (Bombax-Ceiba) flogen, kamen
Das Kalb springt, um dasselbe zu fangen, und fängt an, dahinter zu rennen
Wenn die Mutter hört, wie die Trommel schlägt, wird sie vorsichtig
Der harte Umzug in den Dschungel und der Genuss von Elefantenfrüchten
Auch dort begrüßte sie die fliegende Baumwolle mit weißer Farbe
Dies ist die Zeit, die die Natur mit allen Lebewesen genießt.

Menschen arabischer

Der Arabische Ozean ist groß und breit
Aber Menschen mit eingeschränktem Verstand kämpfen immer
Das ganze Jahr über sind die arabischen Länder zu heiß
Dies mag ein Grund sein, warum arabische Menschen immer
Hazarat führte eine neue Religion ein, um Frieden in die Region zu bringen
Anfangs wurde er von Leuten gedrängt, die es für Verrat hielten
Obwohl die spätere Religion Mohammeds schnell wuchs
Der Frieden in der arabischen Vernunft ist für immer verschwunden
Immer noch geht der Krieg in der Region weiter und weiter, ohne dass es eine Lösung gibt
Arabische Menschen brauchen modernes Denken mit Frauenbefreiung.

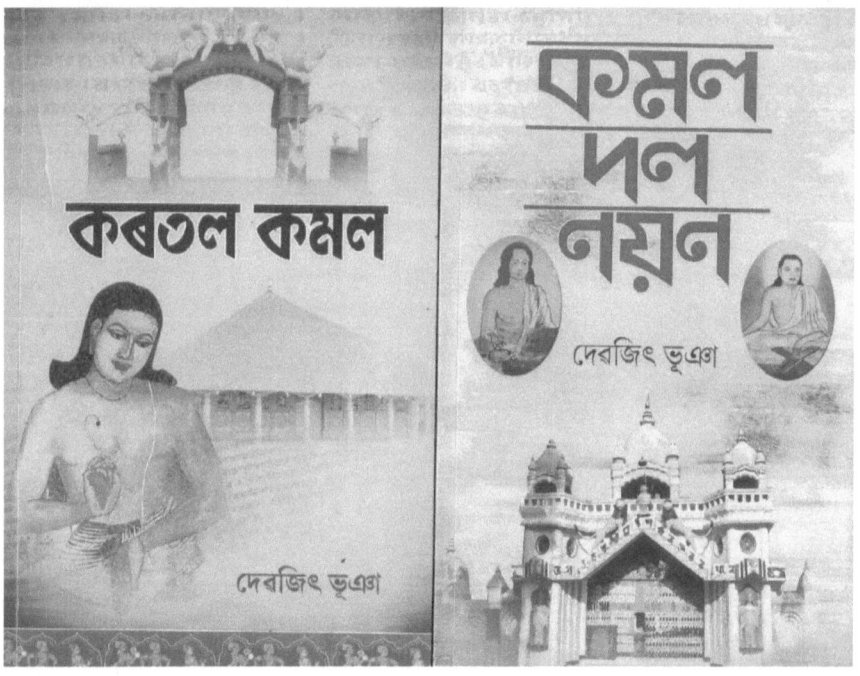

Dschungel

Der Dschungel und die Wälder sollten von Tieren kontrolliert werden
Nicht durch den sogenannten Intelligenten, der als Homo sapiens bekannt ist
Diese Welt gehört nicht nur einer einzelnen Spezies an
Jede Spezies hat das Recht, auf diesem Planeten zu leben und zu überleben
Wir mögen intelligent sein, aber wir haben kein Recht, den Planeten zu zerstören
Das ökologische Gleichgewicht muss für das Überleben des Menschen auch
Das Schreiben von Tieren im Dschungel kann die Umwelt nachhaltig machen.

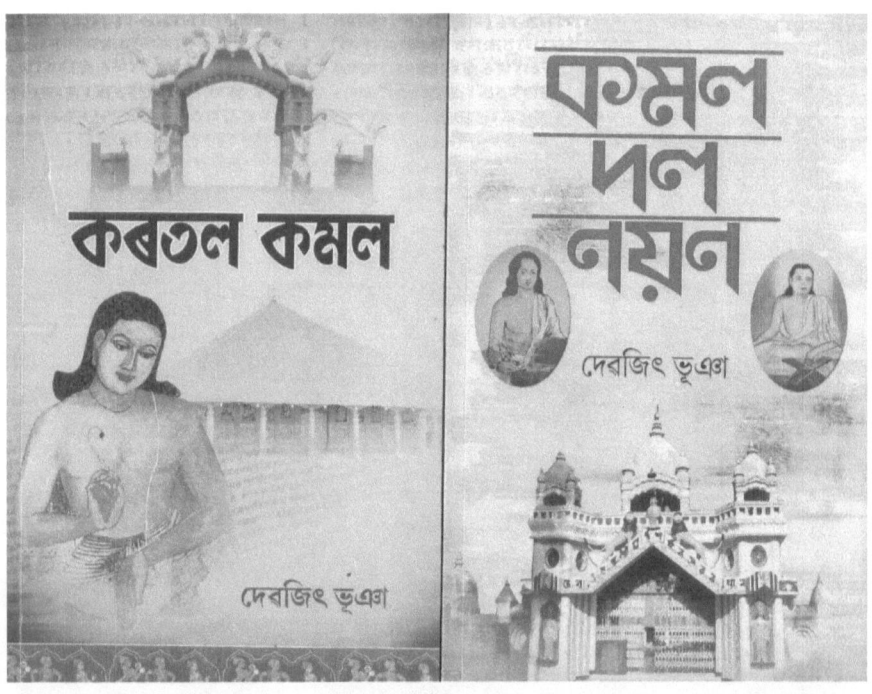

Devajit Bhuyan

Khaddar (Khadi-Tuch)

Ermutigen Sie handgefertigtes Khadi-Tuch
Es ist gut für die Haut und die indische Wirtschaft
In Städten wurde Khadi einst vernachlässigt
Aber jetzt sind sich die Menschen seines Wertes bewusst
Gandhi verbreitete Khadi durch ein Charkha (Spinnrad)
Khadi half der ländlichen indischen Wirtschaft zu wachsen
Tausende von Landbewohnern hatten einen Cashflow
Khadi befähigte Dorffrauen
Aber Spinnereien und Polyester geben Khadi einen großen Schlag
Jetzt wird Khadi langsam populär
In der Geschichte der Unabhängigkeit wird Khadi immer in Erinnerung bleiben.

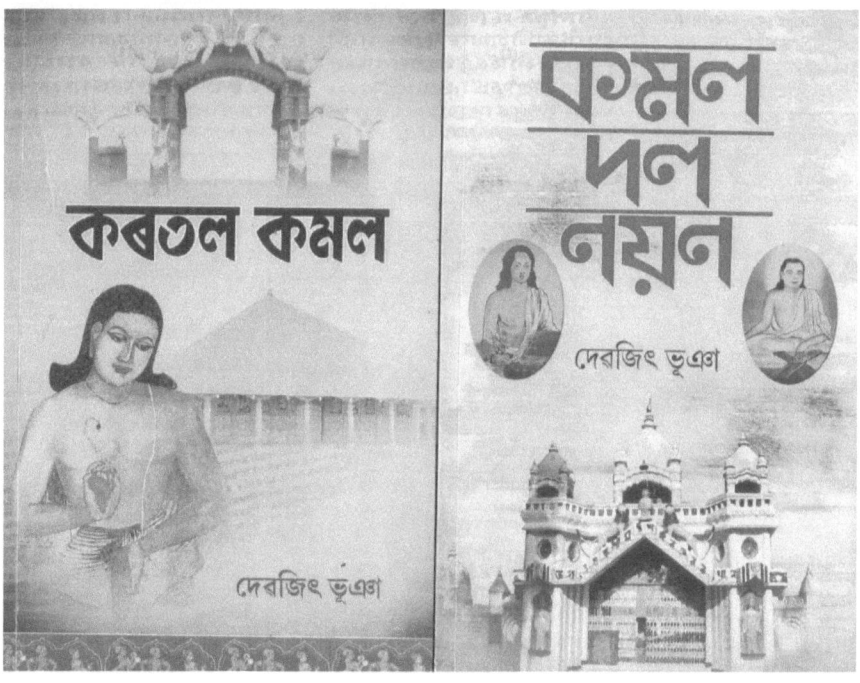

Parfüm von Assam (Adlerholzöl)

Das Parfüm von Assam ist in der arabischen Welt sehr beliebt
Nirgendwo auf der Welt wird diese Sorte Agar produziert
Ajmal hat es in Arabien, Europa und Amerika gebrandmarkt
Es ist jetzt auch in Bangladesch und Australien beliebt
Im Dschungel von Assam wachsen Agarholzbäume
Bei einer bestimmten Insektenzucht fließt Agaröl
Der Duft von Agar ist einzigartig, beliebt bei Muslimen
Alle künstlichen Parfums in der Nähe stehen kurz und schlank.

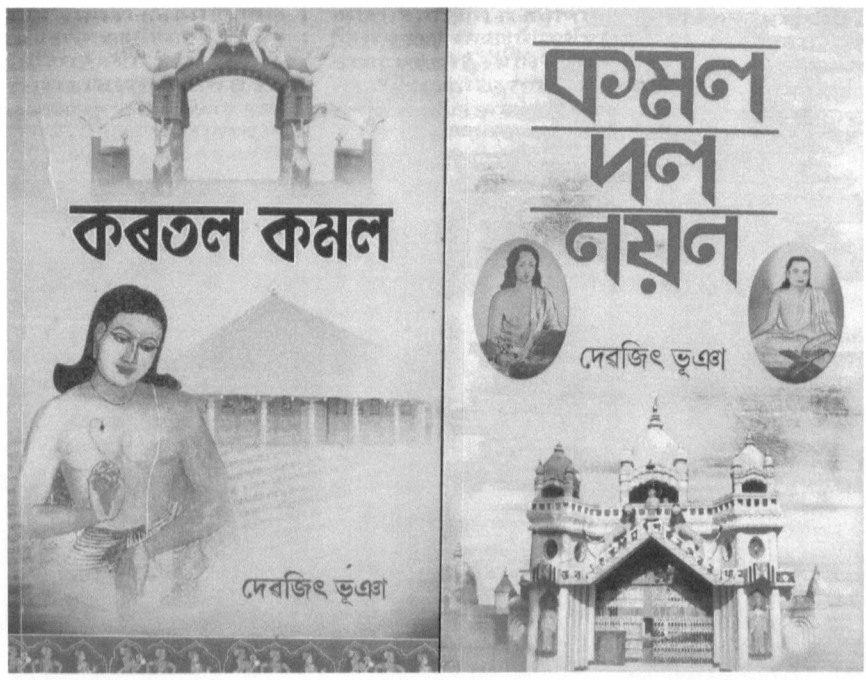

Hochwasser

O' dein großer Fluss, O' dein flacher Fluss
Verursachen Sie keine Verwüstung durch Überschwemmungen
Zerstören Sie keine Ernten und beschädigen Sie kein fruchtbares Land
Die Armen litten am meisten unter Ihrem Handeln
Bei starkem Regen nehmen Sie jeden Weg, um zu fließen
Aufgrund von Überschwemmungen wurden viele Zivilisationen geschlagen
Obwohl Flüsse die Lebensader der menschlichen Zivilisation sind
Bis jetzt konnten Staudämme auch keine Lösung bieten
Nur wenige Katastrophen waren durch das Brechen des Staudamms passiert
Oh, dein mächtiger Fluss wird langsam ruhig und ruhig.

Frucht der Arbeit (Karma)

Jeder muss die Früchte seiner Arbeit genießen, ob schlecht oder gut
Das dritte Newtonsche Gesetz ist universell und unvermeidlich
Gute Taten und gute Taten bringen gute Renditen
Schlechte Taten und Aktivitäten werden dich zum Leiden zwingen
Niemand ist immun gegen das Ergebnis oder die Früchte von Karma
Gute Arbeit machen, gut denken ist Sankardevas Dharma
Menschen, Gesellschaft und auch Tierreich Gutes tun
Zum Zeitpunkt des Todes wirst du Frieden, Ruhe und Respekt finden.

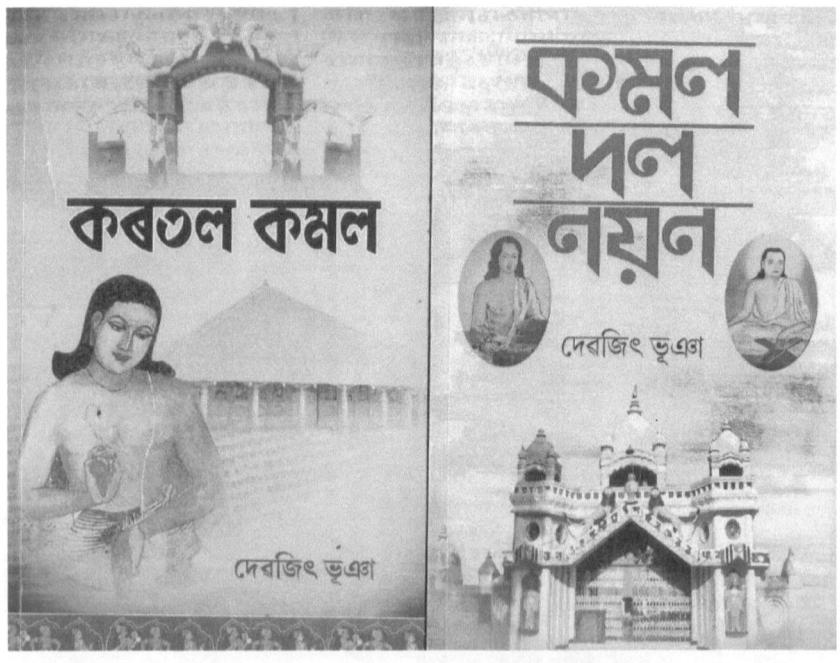

Eifersucht

Um den Erfolg anderer zu sehen, sei nicht eifersüchtig
Besseres erreichen, sonst wird das Leben gefühllos
Wenn du eifersüchtig bist, wirst du nie berühmt werden
Wenn du andere kritisierst, wird dein Leben immer porös.
Anstatt in Eifersucht zu brennen, arbeiten Sie enorm;
Eifersucht und Ego sind deine bösen Begleiter
Sie werden dir niemals erlauben, ein Champion zu sein
Vielmehr werden sie die Meinung Ihres guten Freundes verderben
Für Erfolg im Leben, Exil der Eifersucht ist Ego eine gute Lösung
Gib den schlechten Begleiter auf, das Gehirn beginnt mit der kreativen Simulation.

Alles läuft wie gewohnt

Ob ich nächstes Jahr am Leben bleibe oder nicht
Die Erde wird ihre Rotation und Revolution machen
Die Jahreszeiten ändern sich wie gewohnt mit der Verschmutzung
Möglicherweise gibt es keine dauerhafte Lösung
Doch die Dinge werden wie gewohnt laufen und nichts stören;
Mein gebrochenes Herz darf bis zu meinem Tod nicht mitmachen
Doch mit gebrochenen Herzen werden die Menschen Hoffnung und Glauben bewahren
In der Lage, den Schmerz des Lebens zu ertragen, werden sich einige verabschieden
Auch nach wiederholten Rückschlägen werden einige es noch einmal versuchen
Aber trotzdem wird sich der Planet immer weiter bewegen;
Neue Theorien werden über den Ursprung unseres Universums kommen
Die Ansichten von Wissenschaftlern und Philosophen werden vielfältig sein
Doch die Expansion des Universums wird nicht aufhören oder sich umkehren
Die Grundgesetze der Physik, die Natur wird
Ein Jahr hat keine Bedeutung für die Welt, aber unser Gedächtnis wird erhalten bleiben;
Die Eigenschaft von Zeit, Vergangenheit, Gegenwart und Zukunft wird es nicht erlauben, zurückzukehren
Das Leben wird kommen, gehen und kommen wie Schichten und stapeln
Sogar die Geschichte großer Ereignisse wird für begrenzte Zeit überleben
Dies ist die Schönheit der Natur und der Schöpfung, so ausgewogen und fein
Verabschieden Sie sich von dreiundzwanzig mit Freude und Wein.

Die Schildkröte

Es war einmal, langsam und stetig, um das Rennen zu gewinnen

Weil das sich schnell bewegende Kaninchen beschlossen hat, sich etwas auszuruhen

Aber die Dinge haben sich jetzt wegen der Entwaldung geändert

Sowohl Schildkröte als auch Kaninchen verlieren jetzt das Angebot

Die Schildkröte konnte den klugen Fuchs mit seinem harten Schild täuschen

Aber Schildkröten konnten im landwirtschaftlichen Bereich nicht überleben und tricksen

Die Schildkröte öffnete seinen Mund, als er sie halten sollte

Fliegen am Himmel ohne Sicherheitsgurt oder Fallschirm ist nicht richtig

Weder die Kraniche noch die Schildkröte verwendeten Baumwolle an den Ohren

Auf Lärm und Jubel zu reagieren, bringt immer Ärger oder Tränen.

Die Krähe und der Fuchs

Der Fuchs täuschte die Krähe und genoss das Stück Fleisch

Die Krähe nahm Rache, indem sie die Henne aus dem Mund des Fuchses befreite

Die Krähe sehen Trinkwasser aus dem Topf setzen Kieselsteine

Der Fuchs versuchte mehrmals ohne Erfolg Trauben zu essen, die sprangen

Die Krähe lachte über das Scheitern mit Trolling und beleidigenden Posen

Wenn der Adler ein Schaf heben kann, warum nicht ich, der Krähengedanke

Sie hielt sich an die Wolle und für den Fuchs brachte es Freude

Der Fuchs betete zu Gott für die Flut, die über dem Bambusbaum fließt

Wo sich die Krähe hinsetzen wird, nachdem sie frei in den Himmel geflogen ist

Gott schüttete Regen und Regen, der den Fuchs zwang, auf Flutwasser zu schwimmen

Der Fuchs erkannte einen Fehler und betete, dass das Wetter wieder fair sein möge

Wenn Nachbarn intelligent und erfolgreich sind, seien Sie nicht eifersüchtig

Wenn du versuchst, ohne Fähigkeiten zu konkurrieren, wird die Kondition gefühllos sein.

Finden Sie Ihre eigene Lösung

Wollten Sie zweihundert Jahre leben?
Sei eine Schildkröte oder ein Blauwal und genieße
Wollten Sie hoch in den blauen Himmel fliegen?
Wenn Sie ein Adler werden, können Sie versuchen,
Wollten Sie schnell laufen, um gesund zu werden?
Sei ein Gepard und du wirst allen voraus sein
Wollten Sie groß sein und weit weg schauen?
Sei eine Giraffe und iss Blätter vom Sprechbaum
Wollten Sie ein Leben frei von jeglicher Kontrolle führen?
Sei ein Zebra, das der Mensch nicht domestizieren konnte
Wollten Sie sich streiten und andere anbellen?
Sei ein Rottweiler-Hund und beiße andere
Wollten Sie den ganzen Tag und die ganze Nacht schlafen?
Seien Sie ein Koala und brauchen Sie nicht zu arbeiten und zu kämpfen
Wollten Sie mehr und zu viel essen?
Für dich ist es gut, ein Elefant zu werden
Wollten Sie ohne Reisepass und Visum reisen?
Ein sibirischer Kranich zu sein, ist die beste Option
Aber da du ein Mensch mit Intelligenz bist,
Was Sie wollen und Priorität haben, finden Sie Ihre eigene Lösung.

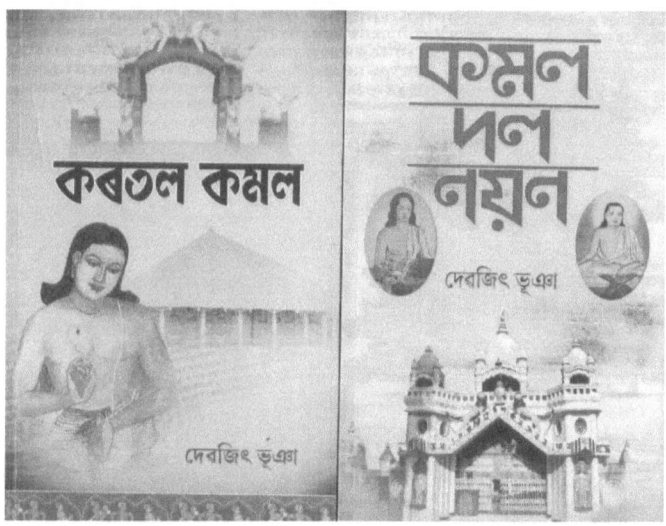

Niemand wird dich hochziehen

Niemand wird dir helfen, wenn du hinfällst

Jeder rennt, um die Krone zu gewinnen

Im wahnsinnigen Ansturm wirst du vielleicht zerquetscht

Ihr toter Körper kann zum Sprungbrett werden

Denke immer daran, in dieser sich bewegenden Welt bist du allein

Niemand wird kommen, um deine Tränen abzuwischen und Balsam zu geben

Wenn du alleine bleibst, musst du aufstehen und ruhig bleiben

Am Ende kommen alle an den gleichen Ort

Schmerz, Vergnügen, Tränen, alles wird zum Knaller

Also, warum sollten Sie sich dem Rattenrennen anschließen, mit der Angst, jeden Moment zu fallen?

Wenn Sie wissen, dass am Ende Misserfolg oder Erfolg nicht zählen

Bewegen Sie sich langsam und stetig, denn es gibt nichts zu verlieren oder zu gewinnen

Auf diese Weise können Sie während der Reise Stress und Schmerzen vermeiden.

Eifersucht, eifersüchtig, eifersüchtig

Er betete mehrere Jahre um Gottes Segen

Schließlich erschien Gott und fragte: "Was willst du, mein Kind?"

"Ich möchte, dass ich alles, was ich gefragt habe, sofort bekomme"

„Aber warum brauchst du so einen Segen?", fragte Gott.

"Ich möchte meine Wünsche erfüllen, glücklich und reich zu sein"

Ich kann dir diesen Segen nur unter der Bedingung geben, nicht absolut, antwortete Gott

„Alle für mich akzeptablen Bedingungen", erfülle nur meinen Wunsch

"Du bekommst, was du dir wünschst, aber dein Nachbar bekommt das Doppelte"

Aber wenn du versuchst, anderen zu schaden, wird alles verschwinden, warnte Gott

Für mich akzeptabel, sagte der Mann, sagte Gott "Amen(☐ ☐☐☐☐☐☐)" und verschwand

"Lass mich ein zweistöckiges schönes Gebäude haben", wünschte sich der Mann

Sofort geschah es zusammen mit einem vierstöckigen Gebäude zu seinem Nachbarn

O' Ich sollte zehn schöne Autos in meinem Haus haben

Es passierte sofort mit zwanzig schönen Autos zu seinem Nachbarn

Ich sollte einen Swimmingpool in meinem Garten haben

Sofort passierte es mit zwei Swimmingpools zum Nachbarn

Innerhalb einer Woche wurde der Mann frustriert und eifersüchtig auf seinen Nachbarn

Sehr bald wurde er wütend, als er auf den Reichtum des Nachbarn schaute

Als er darüber nachdachte, wie man den Nachbarn besiegt, wurde der Mann verrückt und verrückt

Als er zum Haus des Nachbarn schaute, wurde er zutiefst traurig

Der Nachbar ging fröhlich in die Nähe seiner beiden Swimmingpools

Als er seinen glücklichen Nachbarn sah, kam ihm plötzlich eine Lösung in den Sinn

"Lass mein ein Auge beschädigt werden", wünschte sich der Mann, er würde zu seinem Nachbarn schauen

Sofort erblindete der Nachbar und fiel dort in sein Schwimmbad

Der Nachbar starb, weil er nicht schwimmen konnte

Der Mann sagte: O Gott, nimm deinen Segen zurück.

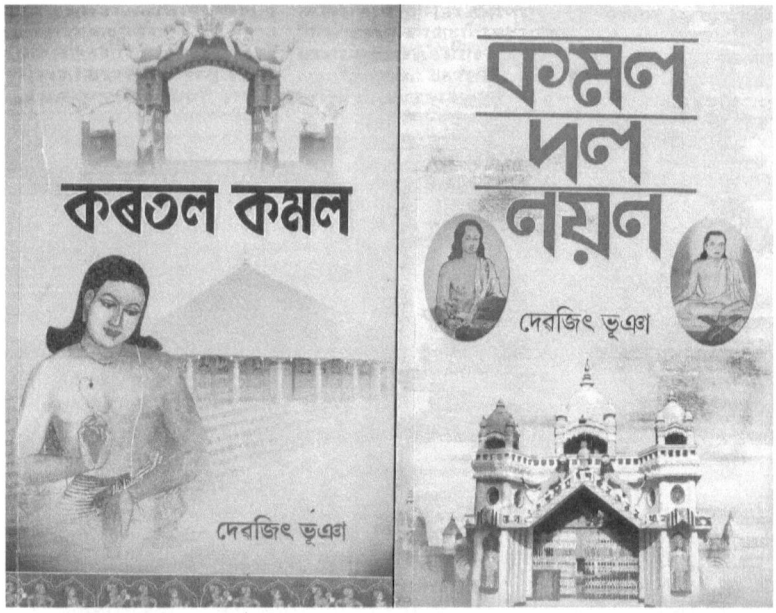

Sterblichkeit und Unsterblichkeit

Wenn du sterben willst, wirst du nicht sterben, weil du unsterblich bist

Wenn du für immer leben willst, wirst du sterben, weil du sterblich bist

Der grundlegende Instinkt des Lebens ist es, für immer zu leben und zu leben

Aber das Naturgesetz ist das Gegenteil, selbst der Stärkste muss sterben

Die beiden gegensätzlichen Kräfte, Leben und Tod, sind ständig am Werk

Deshalb ist die Evolution der Arten im Gange und hört nie auf

Einige werden für ein paar Stunden leben; einige werden für fünfhundert Jahre leben

Aber für niemanden hatte die Natur eine besondere Behandlung oder vergoss Tränen

Solange du lebst und die Rigor Mortis noch nicht begonnen hat

Du bist nicht sterblich, und die Unsterblichkeit ist nicht vergangen.

Ich kenne den Zweck nicht

Ist Sinn des Lebens, Nachkommen zu zeugen
Oder besteht der Sinn des Lebens darin, den genetischen Code zu schützen?
Ist Sinn des Lebens, sich besser zu ernähren und gut zu schlafen
Oder besteht der Zweck darin, eine Geschichte zu schaffen, die die nächste Generation erzählen kann?
Ist Sinn des Lebens, Geld und Reichtum anzuhäufen
Und alles zurücklassen, wenn man in den Himmel oder in die Hölle kommt?
Ist der Sinn des Lebens die Jagd nach Frieden und Glück?
Warum dann im Leben so viele Aktivitäten und Geschäfte?
Ist Sinn des Lebens, Schmerzen zu minimieren und Komfort zu maximieren
Dann wäre das Leben im Koma der beste Ort gewesen;
Ist der Sinn des Lebens, zu leben und andere leben zu lassen
Wie können wir dann Hühner-, Lamm- und Tierbrüder essen?
Wenn das Beten des Schöpfers und das Apfelpolieren Gottes Zweck ist
Warum hat unser Ahnengeld, der Schimpanse, diesen Kurs nie besucht?
Leben, wenn es keinen Zweck hat oder kein Ziel hat
Einfach heute glücklich und friedlich zu leben ist die einzige Lösung;
Wenn wir versuchen, einen Zweck zu finden, sind wir im tiefen Wald ohne Kompass
Lebe besser dein Leben und baue deine eigene Art zu reisen auf, ohne in die Sackgasse zu geraten.

Wo verschwindet unser hart verdientes Geld?

Im ganzen Leben gewinnen wir Energie, um Schwerkraft und Reibung zu überwinden
Aber Schwerelosigkeit und Reibungslosigkeit bringen das Leben in den Winterschlaf
Elektromagnetismus und Kernkräfte mit Schwerkraft sind die Quelle des Lebens
Reibung ist wichtig, um unseren materiellen Lebenslauf zu navigieren
Das meiste unseres hart verdienten Geldes wird durch die Schwerkraft verbraucht
Schöne Kleider und Ornamente sind nur ergänzend
Um alle zusätzlichen Gepäckstücke wieder zu transportieren, müssen wir Energie aufwenden
Das Spiel mit Schwerkraft, Elektromagnetismus und nuklearen Kräften ist Leben
Die Rolle der Reibung besteht darin, alle Aufgaben zu erledigen, die von einer Frau erledigt werden
Umwandlung von Nahrung in Energie und Nutzung von Energie zur Überwindung von Kräften
Um diese primäre Überlebensaufgabe zu erfüllen, hat der Homo sapiens keine alternativen Quellen
Bäume sind in Bezug auf Schwerkraft und Reibung in einer besseren Position
Auch für Lebensmittel ist die Photosynthese ihre einzigartige Geheimhaltung und einfache Lösung.

Der Mungo

Er kannte keinen Hass, keine Eifersucht oder Komplexität des menschlichen Lebens

Er liebte nur seinen Herrn und sein Kind von ganzem Herzen

Kein Hintergedanken oder persönliches Interesse an seiner Liebe und Loyalität

Er war ein Tier mit tierischem Instinkt und über dem grausamen menschlichen Verstand

Also kämpfte er gegen den Tod und kniete nieder, um das Leben des Kindes des Meisters zu retten

Und es gelang ihm wegen seiner Integrität und Liebe zu seinem Meister

Sein eindeutiges Engagement und sein Wille, seinen jungen Freund zu schützen

Aber der komplexe und verdrahtete menschliche Verstand denkt immer zuerst negativ

Als die Dame Blut am Mungokörper betrachtete, tötete sie ihn sofort

Denn zunächst positiv und gut, nur sehr wenige Menschen können denken.

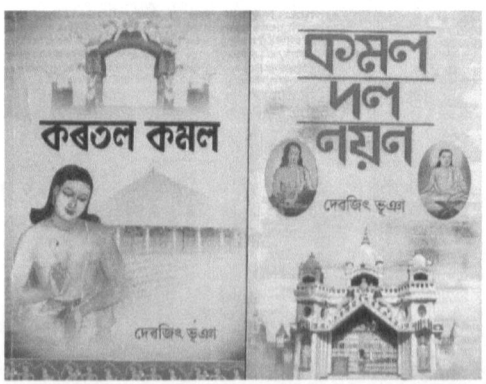

Gottes Segen

Gottes Segen ist wie eine interne Bewertung und Sitzungsnotizen

Wenn du betest, Puja machst und ihm Geld oder Gold anbietest, bekommst du Segen

Wenn Sie all diese Dinge nicht tun, bleiben Sie am Leben, aber der Erfolg steht noch aus

Doch ohne zu beten, können Sie auch die Prüfung mit harter Arbeit an der Theorie bestehen

Ohne Apfelpolitur hätten auch viele Menschen eine bessere Geschichte geschrieben

Die Menschen, die jeden Tag beten, starben auch an Krankheiten und Unfällen

Auch für die Nicht-Gottgeweihten haben Leben und Tod die gleichen Inhaltsstoffe

Verstehe nicht, warum die Religionsvermittler dem Gebet mehr Bedeutung beimessen

Niemand hat Gott jemals irgendwo in Form eines hungrigen Bettlers gesehen

Wissenschaftliche Beweise für die Menschwerdung Gottes in materieller Form sind selten

Um Gottes Segen zu erhalten, sind Ehrlichkeit, Wahrhaftigkeit und Integrität die besten Zutaten.

Besser, ein Totholz zu sein

Ich bin totes Holz, liege unter Sonne und Mond

Zerfällt schnell, um bald von Mutter Erde absorbiert zu werden

Doch für das Moos, den Pilz, ist mein toter Körper ein Segen

Versorgung mit Nahrung und Nahrung auch nach dem Tod

Für sie bin ich der Fackelträger für den zukünftigen Weg

Bis ich vollständig in die Erde eintauche und ihr Teil werde

Immer mehr Unkräuter und Insekten werden ein neues Leben beginnen

Eines Tages wird hier ein Vogel Samen meiner eigenen Spezies abwerfen

Ich werde wieder wie ein großer Baum aufwachsen, und Zweige werden Vögel teilen

Dabei bin ich unsterblich sterblich, und für Bäume sollten sich alle interessieren.

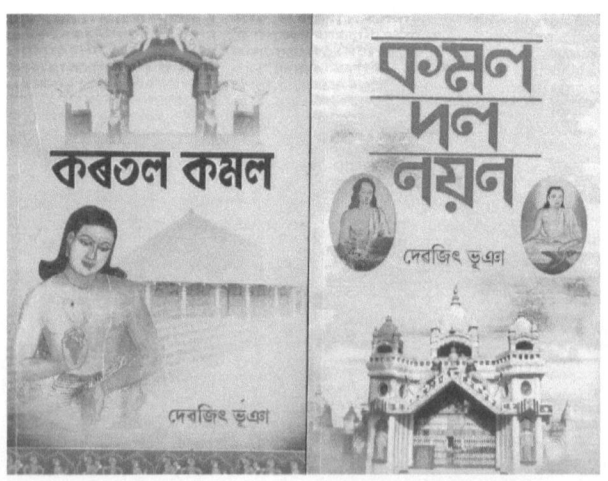

Devajit Bhuyan

Ich lebe mit einem Zombie

Ich lebe in der Herde eines Zombies
Süchtig nach Geldgier und Lust
Ihr Wertesystem ist verrostet
Nicht bereit, den angesammelten Staub zu reinigen
Nur auf Geld, sie haben Vertrauen und Zuversicht
Ziel ist das Sammeln von Reichtum und Unsterblichkeit
Auf der Suche nach dem ewigen Leben, verlorene Moral
Für ihren alleinigen Zweck wird sie die Integrität aufgeben
Niemand kann die Haltung der Herde ändern
Buddha, Jesus und andere wurden müde
Tausende Adlige starben und gingen in den Ruhestand
Doch aus Gier und Lust sind die Zombies nicht müde.

Und das Leben geht so

Montag, Dienstag, Samstag und die Woche ist vorbei
Eines schönen Morgens ist die monatliche Beitragszahlungszeit
Januar wird Februar und März, plötzlich dreht sich der Dezember
Die Zeit vergeht im Stehen und Warten auf Bus und Bahn
Warten in der Flughafenlounge ist Zeitverschwendung
Die Stunden der langen Fahrt, um das Ziel zu erreichen, sind nutzlos
Wir verbringen ein Drittel des Lebens im Bett ist immer ahnungslos
Das sechsstündige Lernen unnötiger Dinge im Studentenleben hat keinen Wert
Wir haben außerhalb der Ärztekammern gewartet und festgestellt, dass die Zeit langsam ist
Wie viele Monate wir in der Que verbracht haben, zählt niemand
Drei Stunden im Untersuchungssaal seit der Kindheit sind eine große Menge
Wie viel Zeit wir für uns selbst nutzen, um das Leben besser zu machen, zählen wir nie
Im selben Zyklus bewegen wir uns umher und umher und umher
Kein Mensch ist ein Planet, der sich innerhalb einer bestimmten Zeit um die Sonne bewegen muss
Wenn Sie aus der bequemen Routine nicht herauskommen können, gibt es für Sie keinen Sonnenschein
Laufen in den Ratenrennen für den illusorischen Erfolg und Klatschen
Um Ihr eigenes Leben auf Ihre eigene einzigartige Weise zu führen, hinken Sie hinterher
Wenn die Zeit zu Ende geht, und du bist verpflichtet, ins Grab zu gehen
Weißt du, ich habe nie anders gedacht, weil ich schüchtern und nicht mutig war.

Gebrochenes Herz

Wenn plötzlich das Herz gebrochen ist

Einige Leute wurden betrunken

Aber das ist nicht das bewährte Mittel

Ihr Leben kann leicht gestohlen werden

In jedem Moment kann etwas passieren;

Vergessen Sie die Vergangenheit und gehen Sie weiter, ist leicht zu sagen

Aber nicht jeder kann schwul werden

Für gebrochenes Herz ein Preis, den wir zahlen müssen

Wenn wir in der Einsamkeit denken, können wir einen Weg finden,

Die Sonne sendet uns jeden Morgen neue Hoffnung und neuen Strahl;

Wenn das Herz gebrochen ist, begehen manche Menschen Selbstmord

Aber während der Trauerzeit entscheiden Sie sich schnell nie

Schau auf das Leid und die Schmerzen der Menschen draußen

Selbst wenn du hoffnungslos bist, wird der Schmerz langsam nachlassen

Die Lösung aller Probleme finden Sie nur im Inneren.

Unaufhaltsame Technologie

Die Zivilisation hat sich im Charakter verändert

Die Menschen sind jetzt besser informiert und intelligenter

Es ist schwierig, Religion durch die Macht der Schwerter zu verbreiten

Auch kann man den Kommunismus nicht durch Gewehre erzwingen

Doch die Entführung der Demokratie durch das Militär ist keine Seltenheit

Manche Menschen haben das Prinzip der Koexistenz noch nicht akzeptiert

Um ihre Überzeugungen auf der ganzen Welt zu schützen, sehen wir Widerstand

Aber die Entwicklung der Zivilisationen ist kontinuierlich mit Beharrlichkeit

Technologie, die Trägerwelle, kümmerte sich nie um Grenzen

Und jetzt verschlingen sie die Menschheit wie Waldbrände, unaufhaltsam

Bald werden alle Übel der sozialen Spaltungssysteme in Schutt und Asche liegen.

Geschlechterungleichheit

Sie wischte ihre Tränen unter ihrer Burka ab und schaute in den Himmel

Vier kleine Kinder ziehen an ihren Kleidern

Erst vor sechs Jahren verließ sie ihre Mutter

Sie weinte und weinte, aber niemand hörte ihr zu

Als ältestes unter zehn Kindern muss es die Nikah akzeptieren

Ihre Verantwortung liegt auch bei ihren sechs Schwestern

Wie können sie heiraten, wenn die Älteste zu Hause ist?

Sie war erst dreizehn, als die Penetration zuerst durchgeführt wurde

Erinnern Sie sich noch daran, wie verängstigt sie ihren Mann ansah

Auch die anderen drei Ehefrauen des Mannes sahen sie schmerzlich an

Aber sie hatten keine andere Wahl, als sie in das neue Schlafzimmer zu schicken

Jetzt leben alle vier Frauen mit Hass und Eifersucht zusammen

Weil sie ihre Kinder ernähren und erziehen müssen

In der Hoffnung, dass ihnen dasselbe nicht passiert, wird die Sonne eines Tages aufgehen

Und die Welt wird im Namen Gottes frei von Geschlechterungleichheit sein.

Eines Tages wird es keine gläserne Decke mehr geben

Es war einmal, dass sie gezwungen war, auf dem Verbrennungsplatz zu sterben
Sie spielten laute Musik und Schlagzeug, hörten nicht auf ihren schmerzhaften Klang
Sie wurde wie Sklaven- und Schuldknechtschaft behandelt, um Männern zu dienen
Sogar die Königin blieb ihr ganzes Leben lang mit verbundenen Augen, weil der König blind war
Sie wurde ohne Grund und Logik verbannt, nur um das männliche Ego zu befriedigen
Selbst sie konnte den Namen ihres Mannes unter den Menschen nicht aussprechen
Sie lebte wie ein Käfigvogel in ihrem Haus und legte Eier, um die DNA zu erhalten
Die Religionsvermittler untersagten ihr sogar den Zutritt zum Tempel
Aber ihr Mut, das Licht der Zivilisation zu tragen, lähmt nie
Deshalb nennen wir ein Land immer noch Mutterland und Sprache Muttersprache
Sie ist jetzt aus dem Käfig in freiem Himmel, doch viele Höhen, sie muss fliegen
Eines Tages wird es keine Geschlechterdiskriminierung mehr geben und die gläserne Decke wird verschwinden
Die Würde der Mutterschaft und die Schönheit der Weiblichkeit kann niemand trüben.

Gott interessiert sich nicht für seine Gebetshäuser

Die Welt ist voll von Moscheen, Kirchen und Tempeln

Aber Frieden und Brüderlichkeit in der Welt lähmen häufig

Die Lösung für eine gewalt- und kriegsfreie Menschheit ist nicht einfach

Im Namen Gottes spielen alle Religionen faul und dribbeln

Selbst im heiligen Monat Ramadan schaffen Menschen Ärger;

Gott hat nie versucht, sein Gebetshaus irgendwo auf der Welt zu schützen

Zu den zerstörten Moscheen, Kirchen, Tempeln ist er kalt

Um Morde im Namen Gottes zu stoppen, hat er nie gewagt

Durch Evolution und natürliche Prozesse entfaltet sich alles

Eines Tages wird die Idee des passiven und inaktiven Gottes unverkauft bleiben;

Die Spaltung der Menschen im Namen Gottes gab der Menschheit Elend

Die sogenannten heiligen Städte haben eine profitable Schatzkammer eröffnet

Für den Kauf von Waffenmunition machen die religiösen Führer Wucher

Heute, für Terrorismus und Gewalt, sind religiöse Orte Kindergärten

Einzige Ausnahme sind buddhistische Mönche mit Lamaserie.

Über den Autor

Devajit Bhuyan

DEVAJIT BHUYAN, Elektroingenieur von Beruf und Dichter von Herzen, beherrscht das Komponieren von Gedichten auf Englisch und seiner Muttersprache Assamesisch. Er ist Mitglied der Institution of Engineers (Indien), des Administrative Staff College of India (ASCI) und ein Lebensmitglied von Asam Sahitya Sabha, der höchsten literarischen Organisation von Assam, dem Land des Tees, der Nashörner und Bihu. In den letzten 25 Jahren hat er mehr als 70 Bücher verfasst, die von verschiedenen Verlagen in mehr als 45 Sprachen veröffentlicht wurden. Seine Gesamtzahl der veröffentlichten Bücher in allen Sprachen beträgt 157 und wächst jedes Jahr. Von seinen veröffentlichten Büchern sind etwa 40 assamesische Poesiebücher, 30 englische Poesiebücher und 4 für Kinder und etwa 10 zu verschiedenen Themen. Devajit Bhuyans Poesie umfasst alles, was auf unserem Planeten Erde verfügbar und unter der Sonne sichtbar ist. Er hat Gedichte komponiert, von Menschen über Tiere bis hin zu Sternen, Galaxien, Ozeanen, Wäldern, Wäldern, der Menschheit, dem Krieg, der Technologie, Maschinen und allen verfügbaren materiellen und abstrakten Dingen. Um mehr über ihn zu erfahren, besuchen *Sie* bitte www.devajitbhuyan.com oder besuchen Sie seinen YouTube-Kanal *@careergurudevajitbhuyan1986*.